U0085008

每個午夜都住著一個

說故事IX

驚情畸戀

童亮——著

寫在前面的話——

傳說人死之後化為鬼。

鬼者，歸也，其精氣歸於天，肉歸於地，血歸於水，脈歸於澤，聲歸於雷，動作歸於風，眼歸於日月，骨歸於木，筋歸於山，齒歸於石，油膏歸於露，毛髮歸於草，呼吸之氣化為亡靈而歸於幽冥之間（出於《道經》）。

可見，「鬼」這個字的初始意義，已經與我們現在所理解的相去甚遠了。這本書，講述的雖然是詭異故事，但實際上是想將這個字引回原有的意義上——一切有始，一切也有「歸」。好人好事，自有好報；惡人惡行，自有惡懲。

目錄

Contents

獨眼喝了女鬼的茶水，變成了陰溝鬼，卻依舊不得解脫。

難道女鬼不是簡單地找替身投胎，而是有更重要的事？

張九中了蛇毒，遍尋名醫也無法治癒，不僅渾身瘙癢難耐，還變成了娘娘腔。更可怕的是，到了蛇換皮的季節，他居然也像蛇一樣蛻下一層皮來。

一天，他找到了爺爺——精通靈異之術的馬岳雲老人，卻不是為了驅鬼，而是為了救一條竹葉青。

被蛇所傷，還要拼命救蛇，這裏面究竟有何用意？

午夜，豔鬼出沒，生人勿近。

色誘

1

零時零分，故事繼續。

湖南同學說：「在明朝，有一個人患了好色的毛病，就向王龍溪先生請教，問如何改掉這個毛病，王先生回答道：『比方說，這個房間裡面，有一位貌美如花的名妓在等著你，等你打開房門一看，原來是你的妹妹，或是你的女兒，你此時的一片淫心，是否會立刻熄滅呢？』這位好色之徒回答說：『唉！是熄滅了啊！』王先生說：『所以淫念本質上是虛妄的，只是你誤把它認作是真的了！』」

獨眼嚅動嘴唇問女鬼：「我知道了，你們處心積慮地設下色誘的圈套，只等著我往裡跳。如今我已經是老鼠夾上的耗子逃不掉了。你現在告訴我吧，你們到底要我怎樣？

女鬼冷笑道：「你不是都知道了嗎？你一進屋我就看出來了，你又何必多問？」

「我一進屋妳就看出來了？」獨眼驚訝道。

女鬼斜了他一眼，緩緩道：「不是嗎？你以為我是傻子？要不是這樣，我又何必請我姐姐出來？」

獨眼怒道：「原來妳是擔心我不信任妳了，所以妳請了那個女鬼幻化成我喜歡的女人模樣，來引誘我喝下第二碗茶水？」

女鬼冷冷答道：「正是。不過，你知道又能怎樣？」

獨眼剛剛升起的怒火被女鬼冷冰冰的話壓了下來。他像霜打的茄子一樣軟弱了下來，有氣無力地問道：「妳們到底打算將我怎樣？要我的命嗎？」

女鬼見他態度轉變，忽而又對他好起來，溫柔地說道：「我哪裡捨得讓你死呢？我跟我那個短命的未婚夫都沒有這麼親密過，卻讓你佔了便宜。常言道，一日夫妻百日恩嘛！我這樣做其實是為了你好。」

獨眼道：「為我好？」然後他哼出一聲冷笑，他不是嘲笑女鬼，他是嘲笑自己。

女鬼挨著獨眼坐下來，拉住他的手道：「真的，我是為了你好。你想想，你從小到現在，可曾受過什麼人的恩惠？有誰不是看了你的相貌便要叫你一聲獨眼？哪個女人會主動投入你的懷抱？且不說主動，就是你再喜歡某個女人，她會不會接受你的好意？就算你的結髮妻子，也何嘗不是因為沒有人家了才到你這裡來？」

女鬼說的每一句話都像針一樣刺在了獨眼的心上。獨眼嘆口氣，說道：「妳說這麼多幹嘛？妳就直接說明白，到底想要我怎樣？」

女鬼像是沒有聽到獨眼的話，繼續勸道：「你想想，要是我想害你，強行灌下你兩碗茶水，你又有什麼辦法？我何必將我的身子一起交給你？我真的不是存心害你，而是處處為你著想。」

「為我好？妳不就是陰溝鬼嗎？不就是要我喝下了妳的茶水，然後做妳的替身，妳好投胎嗎？」獨眼雖然心裡不認為她就是陰溝鬼那麼簡單，但是他故意這樣說，這樣可以引女鬼自己說出她的目的來。

女鬼呵呵一笑，搖了搖頭，說：「可不是你想的那麼簡單。如果我只是單純的陰溝鬼，那麼這個小茅草屋裡就不會有老婆婆和姐姐她們了。我要做的不是簡單地找替身投胎，而是有更重要的事，你一時半會是理解不了的。」

聽到這裡，獨眼心裡有了一點兒眉目。他問道：「難道，妳們不會要我的命？」

「不要你的命，你會加入到我們之中來嗎？」女鬼又是一笑，笑得有些輕蔑也有些同情。

獨眼聽了這句話，不禁渾身一冷。

「放心吧！要你的命是為了給你一個更好的命。」女鬼安慰獨眼道，「你因為一隻眼睛在人間受了那麼多的氣，你還要那條破命幹嘛？」

獨眼不耐煩道：「妳到底有啥目的，快點說出來。」

女鬼卻不直接回答：「如果我直接告訴你，你可能接受不了。」

「命都快沒了，還有什麼接受不了的？」獨眼大聲道。

女鬼直視獨眼的眼睛，說：「那麼，我告訴你吧！我們叫你來，並不是要你的命，而是希望你幫幫我們，不過，話又說回來，那也是幫你自己。」

獨眼更是丈二和尚摸不著頭腦了：「幫妳們？幫我自己？妳不是鬼嗎？怎麼還需要我的幫助？要是妳放了我，燒些紙錢我還是能做到的。」

女鬼湊近獨眼的臉，對著他的那隻瞎眼輕輕吹了一口氣，說道：「我們的目的可不是要些紙錢那麼簡單，不過，既然你也是我們的一份子，我們也不會讓你分不到一杯羹的。」

「我們？妳們幾個小鬼能成什麼氣候？我可不是妳們的一份子！」獨眼反駁道。這時他有些明白了，這幾個攪和在一起的鬼，也許有著什麼不為人知的陰謀。但是獨眼後來沒有想到它們的陰謀遠遠超出了自己所能想像的範圍。

「對。」女鬼點頭道，「我們幾個小鬼確實成不了氣候。但是所有弱小的個體都團結在一起來的話，那就不是可以小覷的力量啦！」說到這裡，女鬼的眼睛裡透露出無限的憧憬，彷彿一個剛入佛門的小沙彌想像升入天堂的神情。

「妳的話是什麼意思？」獨眼拉開與女鬼之間的距離。

「我的意思很簡單，要你像我一樣，想辦法再讓其他幾個人喝下同樣的茶水。」女鬼的話裡透露出刺骨的寒意，令獨眼為之一顫。

「妳想叫我像妳一樣去害人？那是不可能的！」獨眼大聲抗議道。

「答應也罷，不答應也罷。只恐怕如今已經由不得你自己做主了。你已經喝下了我的茶水，如果你不按照我們吩咐的去做，你會痛不欲生的。哦，不是，已經不能用『痛不欲生』這個詞語來形容你了。哈哈哈哈……」女鬼狂笑起來。她一狂笑，臉上立即顯露出先前沒有的青色來，頭髮也立即變得如秋季的稻草一樣乾枯澄黃，口裡的臭味呼在獨眼的臉上，噁心之極。

她一把抓住獨眼的胳膊，狠聲道：「所以，你做也得做，不做也得做！」獨眼看到，她的眼睛已經不如剛才那樣迷人。她的眼珠深深陷入周圍褐色的眼眶，如一顆劣質的玻璃球陷在爛泥潭裡。

「害死更多的人，對妳有什麼好處？」獨眼想起跟他一起激情的女人原來竟然是這般模樣，不禁像長了疥瘡一樣渾身不舒服。

2

女鬼笑道：「應該說是對你有好處。」

獨眼問：「我是被妳們害的，怎麼會對我有好處呢？」

女鬼放開獨眼的胳膊，在小屋裡來回踱步，不緊不慢地說道：「我這麼年輕就沒有了丈夫，你天生就眼睛不好，在人世間要受多少苦難？你想想，即使我們陰溝鬼找到了替身，那又能怎樣？還不是回到人世輪迴中？還不是要受苦受難？」

「那又怎樣？善有善報，惡有惡報。」獨眼辯駁道。

「不對。我們不應該接受這種輪迴。我們應該自由掌控自己，為所欲為！」

「那妳又能怎樣？」

女鬼停下腳步，轉頭盯著獨眼道：「我們要尋求永生，不想再接受輪迴的奴役！」

獨眼從鼻孔裡哼出一聲。

「你不相信嗎？那麼我告訴你吧！我們現在正在做的就是這件事情。」

女鬼鎮定自若，不像是信口說出的憑空想像。

「你們要跳出輪迴？」獨眼覺得這個女鬼不可思議。它怎麼會有這樣的想法？他設想一千個、一萬個假設，也絕不會猜到它竟然想跳出輪迴。這種想法簡直是荒謬透頂！

女鬼堅定地點了點頭。

獨眼不以為然，嘲諷道：「好吧！姑且不說妳們能不能辦到，就算妳們跳出了輪迴，那又怎樣？那妳是人還是鬼？」

女鬼道：「不管是人是鬼，總之跳出了輪迴，我們便可以為所欲為！誰也管不了我們，做好了不用誰來獎勵，做壞了也沒有誰來懲罰！」

「好好好，妳暫且打住。我來問問妳，要怎樣才能跳出輪迴呢？妳們幾個又怎麼能跳出輪迴呢？難道就是在我面前憑著一張嘴巴說說而已？」獨眼揮著大手問道。

女鬼恢復往常的溫柔，給獨眼一個嫵媚的笑，柔聲道：「這就是我們為什麼找到你的原因所在。」

「叫我去害我認識的人？我可不會聽妳的。」獨眼冷冷道。

「我告訴過你，不是害他們，而是將他們救出輪迴之外。輪迴就像一個漩渦，不管你願意不願意，你都得進去。但是，當我們的力量強大了，我們就可以擺脫旋渦的控制。你知道嗎？」女鬼又興奮起來，似乎它只要聽到「輪迴」兩個字便會激動不已。它是一個吸毒癮君子，而「輪迴」是它的毒品。獨眼一開始見到女鬼如此興奮，心底湧上一陣噁心和厭煩，如同看到了他最不喜歡的肥膩的白肉。但是他沒有料到，後來自己變成女鬼那樣的時候，簡直就是女鬼的複製品，甚至「毒癮」比女鬼還要厲害。

獨眼嘴角拉出一個譏諷的笑意，說道：「妳自己去跳出輪迴吧！我可不和妳同流合污！我還有妻子和兒子，還有可愛的孫子和孝順的兒媳婦，我要回去。」

女鬼見說了一籮筐的勸告的話還是不起作用，便嘆息了一聲，瞥了獨眼一眼，像是一個熱心的老師對待不爭氣的學生一樣。隨後，她的興奮勁也降了許多，有氣無力地揮揮手，道：「其實我是為你好。如果你要走的話，你就走吧！我不阻止你。」

獨眼巴聽女鬼說「為你好」聽得煩躁了。雖然他還不知道女鬼讓他喝的茶水有什麼作用，但是他不願意再問下去了。他也不願再聽女鬼說什麼跳出輪迴，更不願知道它們怎麼跳出輪迴。他覺得眼前的女鬼是個瘋子，是個精神不正常的女鬼。人有瘋瘋癲癲的，沒想到鬼也有瘋瘋癲癲的。

跟這個瘋子談下去已經沒有什麼必要了，獨眼心裡想道。

於是，他從床上爬起來，整理好衣服。女鬼則在旁冷冷地看著他，一言不發。獨眼其實還算個心地善良的人，在整理衣服的時候，他忽然覺得自己佔了「別人」的便宜但是不為人家辦事，似乎有些說不過去。他側頭看了看一旁的女鬼，抱歉地說：「真對不起，也許妳們是為我好，但是我真的對跳出輪迴沒有什麼信心，更重要的是沒有興趣。」

女鬼點點頭，送給獨眼一個非常勉強的笑容。

想起跟女鬼之前的翻雲覆雨，獨眼心裡有些愧疚。但是他更加牽掛家裡的老老小小，他不可能因為跟女鬼的一時激情就放棄他的家庭。雖說他的獨眼確實使他的生活不那麼如意，但是看見自己的小孫兒蹦蹦跳跳的便覺得其他的都不再重要。他要看著孫子健健康康長大，就像當初看著兒子從一個小蘿蔔那麼大變成比自己還高還壯一樣。那種快樂，比跳出輪迴更加值得他為之付出，為之守候。

獨眼回以一個同樣勉強的笑，然後就跨出門來，接著走出了那個昏暗不堪的小茅草屋。

女鬼沒有送他。

在跨出小茅草屋之前，他還忐忑不安，生怕女鬼突然改變主意，夥同那個老婆婆和所謂的姐姐一起強行將他留下。可是他走出木柵欄門的時候，其他昏暗的房間裡一點動靜也沒有。但是他能感覺到，黑暗中有無數雙眼睛看著他，看著他一步一步走出這個小茅草屋。由於他的一隻眼睛看不見，所以他的第六感比常人要靈敏許多。他不知道為什麼有這樣的感覺，但是這樣的感覺非常強烈。他不由自主地放輕了腳步，怕驚動什麼看不見的東西。

奇怪的是，跨出木柵欄門之後，他之前不適的感覺就沒有了，連口中古怪的氣味也聞不到了，甚至精神氣比以前還要好，走起路來都不費力了，輕飄飄的如一根鵝毛。

3

他就這樣輕飄飄地走到了家裡，恰好碰見兒媳婦將一盆洗菜水潑出來。兒媳婦似乎沒有看見獨眼站在面前，毫無顧慮地將髒兮兮的洗菜水朝獨眼潑過來。

獨眼嚇了一跳，連忙從原地閃開。

「嘩啦」一聲，洗菜水潑在獨眼剛剛站過的地方。

獨眼大怒，指著兒媳婦大罵道：「妳怎麼不長眼睛呢？妳公公站在這裡，妳居然把髒兮兮的洗菜水朝我潑？妳有什麼意見直接跟我說就是，何必做出這麼過分的事來！」

獨眼劈哩啪啦地說了一籮筐話，可是兒媳婦就像沒有聽見似的，轉身就進了廚房，然後喊道：「都來吃飯啦！其他菜都做好了，就剩一個青菜了。誰來把筷子和碗都擺好，青菜落鍋就熟了，快得很。」

果然，獨眼的兒子從屋裡出來，在堂屋裡擺好桌子碗筷，抱怨道：「我爹也不知道去了哪裡，要我們等到現在還不回來。算了，再等就要等到明天吃飯了。」

這時，獨眼的妻子拉著孫子出來了，搖頭道：「算了算了，不等他了。給他留點飯菜，等他回來了我給他熱一熱就行了。」

這時候已經是半夜時分了。家裡人等他吃飯等到現在。獨眼心頭一熱，差點掉下眼淚來。

可是，他已經跨進門站在門口了。他的妻子、兒子、兒媳婦都好像看不見他似的，逕直走向飯桌，連個斜眼都不瞧他一下。獨眼心下疑慮：「我不是站在這裡了嗎？他們怎麼還責怪我沒有回來？」

正當他這樣想的時候，只有幾歲的孫子拉了拉奶奶的衣角，指著門口道：「奶奶，爺爺不是已經回來了嗎？他站在門口呢！」

獨眼高興得不得了，哈哈笑道：「果然還是我的孫子對我最好，可算我以前沒有白白疼他。」說著，便要走過去抱一抱孫子。

他還沒有邁開腿，卻聽見妻子拍了拍孫子的臉，嚴肅地說道：「孩子，你不會是眼睛花了吧？你爺爺明明還沒有回來啊！哎，媳婦啊！妳是不是平時炒菜捨不得放油啊？妳看妳看，孩子的眼睛都沒有光了。難怪這樣的。」在獨眼的家鄉，有這樣一句罵人的俗語：「你眼睛沒有吃油吧！」意思跟「你沒長眼睛吧」一樣。這本來是沒有科學根據的俗話，但是獨眼的妻子卻認為孫子的眼花跟少吃了油有關係。

兒媳婦拿著鍋鏟從廚房走出來，朝門口望了一望，轉頭對兒子說道：「爺爺在哪裡？小孩子怎麼可以隨便騙人呢？」

獨眼連忙替孫子辯解，大聲道：「我不就站在這裡嗎？你們怎麼可以怪我的乖孫子呢？真是！來，乖孫子，來，讓爺爺抱一抱。」獨眼臉上展開笑顏，張開雙手要抱胖嘟嘟白嫩嫩的孫子。

不料孫子慌忙拉了拉奶奶的手，說：「奶奶，爺爺要抱我呢！」

獨眼的妻子聽得孫子這樣一說，慌忙搶先將孫子一把抱了起來，兩隻用力的胳膊把孫子勒得臉色發紅：「寶寶，你別嚇我啊！爺爺不在這裡啊！他怎麼會要抱你呢？」

獨眼的兒子發話了：「媽，妳也真是的，小孩子的眼睛總是能看到一些稀奇古怪的東西。妳怎麼還這樣提心吊膽的呢？我小時候不也是這樣嗎？總說看到過了世的姥姥，但是走過去卻什麼都沒有。妳都忘記啦？」

兒媳婦揮了揮手中的鍋鏟，哆嗦了一下，央求道：「大半夜的，你們不要說這樣的事情好不好？弄得我一個人都不敢回廚房炒菜了。」

獨眼的妻子點頭道：「說的也是。小孩子總是看到一些虛幻的東西，根本不足為信。媳婦，妳都是這麼大一個人了，怎麼也相信小孩子的胡話呢？」說完，她將懷裡的孩子放在地上，拍拍衣服。嘴上雖這麼說，但她還是踮起腳來朝門外望了一下，好像不踮起腳來看不到外面的東西似的。孩子一手緊緊拽住奶奶的衣角，兩眼愣愣地看著獨眼。因為大人們說他看到的東西是虛幻的，所以他只是咬緊了牙，一句話也不說了。但是他的眼睛在問獨眼：「爺爺，我明明看到了你，他們怎麼說你不在呢？」

這時的獨眼再也不能保持剛才的冷靜了，他不再一心要去抱孫子，而是在妻子面前揮舞著雙手，喊道：「妳看不見我？我就在妳的面前呢！妳老眼昏花也不至於到了這個境地吧！看，我就在這裡呢！」

可是獨眼的妻子根本不關心面前的獨眼，仍舊踮著腳朝獨眼背後很遠的地方看去，嘴裡喃喃道：「這個死老頭子，不會是坐在哪個朋友家裡喝酒、聊天去了吧！這麼晚還不回來！不知道家裡人等得著急！」

獨眼跟爺爺說，當聽到妻子那句話的時候，他的身子一下子感到前所未有的寒冷！他終於知道，他已經不能以一個「人」的身分回來了。或者說，「他」確實回來了，但是身體根本沒有回來。他「遺失」了自己的身體！這正是除了孫子之外其他家人看不見他的原因所在。而小孩子的眼睛總是能看到一些大人們看不見的東西，所以只有孫子能夠看見他回來了。

兒子將一把椅子搬到獨眼妻子的面前，說道：「媽，妳就別望了，我們先吃飯吧！」而獨眼剛好站在離他兒子不到半米的地方。

廚房裡傳來一陣糊味，兒媳婦叫了聲「不好」，慌忙返身進了廚房。

一家人都將獨眼視若空氣。

獨眼怕嚇著孫子，不再說話，輕手輕腳地退到門外。孫子直視著他，眼珠一動也不動。而獨眼的妻子、兒子、兒媳婦，各自忙著各自的事情。

獨眼給了孫子一個稍帶歉意的笑容，然後轉身離去。

4

獨眼在跟爺爺講到他無可奈何地離去時，忍不住流下了悲傷的淚水。其他四個瞎鬼也默不作聲，不知道它們是在同情獨眼的遭遇，還是想到了自己的遭遇。四個瞎鬼是獨眼害死的，它們肯定也有類似的經歷和感受。

爺爺默默地聽著獨眼的講述，當獨眼講到它的孫子時，爺爺偷偷覷了我一眼。那個眼神的意思我能夠知道，爺爺是擔心他離去的時候捨不得我這個長孫。獨眼和它的孫子也好，爺爺跟我也罷，爺孫之間的感情，是言之不盡，道之不盡的。當獨眼流下淚水的時候，我非但不再覺得它令人厭惡，反而覺得它有幾分可憐。相信它的孫子眼睜睜看著爺爺後退著小心翼翼走出門檻時，心裡也不是滋味。明明爺爺就在眼前，為什麼大人們都說爺爺不在呢？在三番兩次的否定後，獨眼的孫子也乖乖地不再說話，只是一眼不眨地看著爺爺離開。

獨眼當然不甘心就此成為孤魂野鬼。它再一次踏上了重複多次的路。原來第一碗茶只是使他身體不適，第二碗茶才是置他於死地的。

是的，獨眼自己也明白，生前的「他」與死後的「它」已經完全不同。生前的他還有挽救的餘地，可是最後一絲挽救的機會也斷在了自己色心不改的毛病上；死後的它卻只能與親人作別，可惜那個女鬼連作別的機會都沒有給他。

獨眼再次來到小茅草屋的木柵欄門前。如果可以選擇，它寧願從來都沒有來過這裡。這時它的腦袋裡閃現出那個躡手躡腳走進房間的陌生人，那個叫他來找朋友的陌生人。那個陌生人在給他帶了口信之後就不見了，難道也是跟女鬼是一夥的？可是在小茅草屋裡沒有見過那個陌生人啊！再說了，這麼小的茅草屋裡住了三個女鬼就夠讓他驚訝的了，怎麼還能容下更多的「人」呢？

木柵欄門「吱呀」一聲開了。獨眼一驚，我沒有推木柵欄的門，它怎麼自己就開了呢？

獨眼不禁後退幾步。

一個蒼白頭髮的老婆婆走了出來，笑臉相迎。「你還是來了。我知道你是不會永遠離開這裡的。我剛來時也是像你一樣，但待久了就好了。」老婆婆以過來「人」的身分向獨眼說道。

獨眼心情複雜至極，不搭理老婆婆，跨步走進了小茅草屋內。

「它在屋裡等你呢！快進去吧！」老婆婆說完，兀自鑽進了自己的小房間，留獨眼一個「人」站在小堂屋裡。

走進曾經激情過的小屋，獨眼大吃一驚。它大吃一驚並不是那個女鬼有什麼新的驚人的舉動，而是因為它看見了跟自己一模一樣的一個「人」躺在女鬼的稻草床上！

就像自己面對著鏡子，可是鏡子裡的「自己」姿勢和動作跟鏡子外的自己不一樣！

獨眼嚇了一跳，差點從小屋裡立刻逃出來。這一幕比最可怕的噩夢還要可怕無數倍！

這時，那個女鬼的聲音從背後響起：「你來啦！呵呵，我就知道你還會來的。就像剛剛老婆婆跟你說過的一樣，我剛死的時候也經歷這麼恐怖的一幕。不過，我那時還不知道自己已經死了，所以看到自己的肉體時，比你現在經歷的還要恐怖。」

獨眼急忙轉過身來。它不知女鬼什麼時候出現的。「你……你也經歷過同樣的情景？」獨眼伸出手指著女鬼，可是手指哆嗦得如觸了電一般。

女鬼捏住獨眼的手，微笑道：「是的。那就是你的肉體，靈魂曾經居住的地方。不過，過不了多久，你的肉體就會發腐發爛，然後臭不可聞。哈哈哈哈……」女鬼鬆開獨眼的手，仰起脖子大笑起來，笑聲裡透露著陣陣涼意，令獨眼渾身顫慄！

「那……那是……我的肉……肉體？」獨眼回頭看了看床上的「自己」，兩股顫顫，面露慌張。

女鬼收起笑聲，冷冷道：「對。你別忘了，你現在已經不再是人了，所以你也不可能跟自己的親人在一起了。現在是半夜，陰氣正盛，所以你暫時還沒有多少感覺上的差異。但是，你應該明白，你現在跟我們沒有區別了。我們都是鬼……」女鬼把「鬼」字拖得很長，臉上的邪惡笑容再次浮現。

獨眼哆嗦著嘴，想要說些什麼，卻找不到合適的詞彙。這是它過於激動導致的。

「如果你真的想再次跟你的親人在一起，那也不是沒有辦法。」女鬼盯住獨眼，邪笑道。

「妳……妳肯放過我嗎？」獨眼不相信地問道。

女鬼又仰起脖子大笑了一陣，然後用一根食指挑住獨眼的下巴，好像它們的性別已經轉換了一樣，「你不該問我肯不肯放過你了。你還不明白嗎？我們現在是同樣的處境，誰也救不了誰。你應該問問你自己。」

「問我自己？」獨眼不明白女鬼的意思。它側了側身，將下巴從女鬼的食指上移開。女鬼的狂妄令它不舒服。

女鬼點點頭，瞟了一眼稻草床上的「獨眼」，緩緩道：「當然，你得問你自己。」

「我當然想啊！」獨眼道。

女鬼鼻子裡「哼」出一聲，說道：「那麼，你就得按照我說的去做，用我使用在你身上的方法，去引別的人喝下兩碗茶水。」還沒等獨眼反駁，女鬼又說道，「我說過，我不是害你，我是為了你好。信不信由你！」女鬼嘴上雖然這麼說，可是語氣上卻讓獨眼感覺到「不管你信不信，你都得照我說的做」。

獨眼緩步走到床邊，挨著床沿坐下，手輕輕地放在「自己」的身體上。

那個身體已經冰了，雙目微閉。那個曾經再熟悉不過的身體，從未想過可以分開的身體，就那樣如同一件別的物件一樣擺在面前，軟弱得如同案板上的肉。

5

雖然自己的靈魂已經出竅，但又何嘗不是女鬼案板上的一塊待割的肉呢？可是從女鬼的經歷和言語之間，隱約透露出它也不是最終的罪魁禍首。那麼，最初的那個陰溝鬼才應該是幕後元兇。

我打斷了獨眼的回憶，問道：「你怎麼知道害死那個女人的陰溝鬼背後是有操控者的呢？也許那個陰溝鬼在害死女人之前，也曾被另外的陰溝鬼害過呢。」獨眼滔滔不絕地講了將近兩個時辰，我和爺爺站在一邊聽了兩個時辰，竟然都不覺得累。也許是因為獨眼的經歷太過離奇，我們都被吸引住了。而文歡在的房間裡還是毫無聲息，大概他和他媳婦是真的睡著了。

後來一目五先生承認，我們躲在門後感覺到的那陣風是它們有意為之。在我們的討論過程中，沒有受到它們的打擾，也算是一目五先生無心的功勞。可是它們不明白，我和爺爺為什麼沒有像文歡在等人一樣昏昏睡去。

我提出的問題不無道理，爺爺也接著說道：「對呀，你怎麼知道陰溝鬼的背後還有控制者呢？」

獨眼點點頭，嘆口氣道：「我當初也是這麼想的。陰溝鬼是一個接一個地害人。雖然女鬼害了我，但是它未嘗不是被害者。除了你們提出的這個問題我想到了之外，我還在想，這個小茅草屋裡的其他房間還住著一個老婆婆和女鬼的姐姐。當然了，那個姐姐不會是女鬼生前的親姐姐，因為我去女鬼的父母家之前就探聽到，他們家沒有兩個女兒。」

我還要問一個問題，爺爺卻對我做了一個制止的手勢。我立刻將心中的問題吞嚥到肚子裡。我知道，爺爺想讓獨眼全部說完之後再讓我提出問題。三番兩次地打斷獨眼的回憶不太好。

一則是因為回去也不能跟親人團聚在一起，這樣說來對我們「人類」也許有些奇怪，既然回到了家裡，怎麼不能跟親人團聚在一起呢？可是對於獨眼來說，這確確實實已經不可能了。雖然它的孫子可以看見它，但是它的孫子卻摸不著它。如果強行要回去，還會嚇到它的家人。

二則是因為獨眼心中有很多疑惑，正如前面所講，它不知道幕後元兇是誰，甚至不知道這個茅草屋裡還住著什麼人。因為當初它離開這個茅草屋的時候，感覺到過背後很多雙眼睛盯著它，所以獨眼認為，這個小小的茅草屋裡也許有著大大的乾坤。

三則是因為獨眼的私心了。獨眼已經聽女鬼多次提到了它們要「跳出輪迴」的野心。女鬼還說要它幫忙害死自己的親人。這又是怎麼回事呢？暫且不管是怎麼回事，如果能跳出輪迴，那也倒不失為一件善事。

因為這三方面的原因，獨眼決定向女鬼妥協。

要說在第三件事情方面的轉變，那也怪不得獨眼。在沒有意識到自己已經死去的時候，獨眼當然牽掛著親人，尤其是他的乖孫子。可是現在不同了，它知道自己已經死了，並且屍體就擺在面前，由不得不相信了。並且，它已經回去過一次，知道此時即便擅自回去跟親人團聚也無濟於事，因為親人們根本看不到自己。

所以，它不但妥協，還決定要試一試。所謂「飽漢不知餓漢飢」，對獨眼來說，是「生前不知死後飢」。活著的時候對跳出輪迴漠不關心，死後卻不得不面對輪迴的問題。如果可以跳出輪迴，那麼它就有足夠的時間看著自己的孫子漸漸長大。

幾乎所有的長輩都希望看著兒子或者孫子長大。

我的奶奶（此處說的是爸爸的母親）在我不到一歲的時候就抱病去世了。

臨到就要嚥氣了，她還在祈禱：「老天哪，祢就讓我再活三個月吧！」三個月之後，我就滿週歲。她希望看到我滿週歲再離去。可惜的是，閻王爺的生死簿沒有奶奶自己改筆的機會。我想，假設奶奶有機會爭取到改筆的機會，那麼她一定會付出所有來爭取，即使這樣會讓她陷入萬劫不復的境地。

當前，不管信不信，獨眼的面前就擺著這樣的一次機會。

獨眼心情複雜地離開自己的屍體，直面女鬼問道：「好吧！我可以幫妳，像妳說的，這也是幫我自己。那麼，妳打算要我怎樣幫妳們呢？我可不會用美色去引誘別人喝下兩碗茶水。」

女鬼聽它開口答應了，喜悅之情溢於言表，立刻恢復到之前的溫情脈脈，嬌聲道：「當然不會讓你去色誘別人，就算對方是個女的，恐怕你也只能出現相反的作用。」

話雖然難聽，但是獨眼還是點頭承認。「我還有一個問題，就算我害死了其他人，這又跟跳出輪迴有什麼關係？」它攤開手問道。

「這個以後跟你慢慢解釋，既然你答應加入了，以後有的是解釋的時間。」女鬼興奮得幾乎要手舞足蹈。「現在最要緊的，是給你介紹一下我們的其他夥伴。在以後我們的行事過程中，它們都是不可缺少的助手。」

獨眼不以為然道：「不就那個老婆婆和妳姐姐嗎？還需要介紹什麼？打個招呼就可以了。」獨眼不知道，當時它的想法是多麼的簡單和幼稚。它不知道事情的背後有多大的陰謀。

女鬼笑了笑，也不解釋，拉著獨眼的手就往外走。

「幹什麼？現在就要我去害別人嗎？」獨眼雖然決定加入它們，但是心理準備顯然還不夠充分。

女鬼拉著它在之前老婆婆鑽入的門洞前站住，然後側身做了個「您先請」的姿勢。

獨眼看著黑洞洞的房間，裡面好像什麼都沒有，又好像什麼都可能有。獨眼不免心生害怕，腳步踟躕。

6

「怎麼了？你害怕嗎？」女鬼給獨眼一個冷笑，嘲諷道，「別忘了，你現在跟我們一樣，都是陰溝鬼了。你以前頂多害怕人家害死你罷了，現在你已經死了，還有什麼好怕的呢？」

獨眼一想，女鬼說得沒錯，我已經是鬼了，還有什麼好害怕的呢？

它返身怒視女鬼。從這個角度朝外面望，倒是能看見從木柵欄門那邊射過來的微光。看到那個木柵欄門，獨眼不免心裡一陣難過。如果不是一時頭腦發熱推門進小茅草屋來，也就不會有現在的情況了。

女鬼不答話，推著獨眼朝黑暗深處走，邊走邊道：「你這人怎麼沒一點耐心呢？你再朝裡面走走就知道啦！」

獨眼雖然不相信它的話，但是也無可奈何，只好繼續朝裡面走。才走兩三步，獨眼彷彿撞到了什麼東西。並且那個東西是會活動的。獨眼第一時間想到了那個老婆婆，於是連忙拱手道：「老婆婆，對不起，撞著您了！」

它將「老婆婆」三個字剛說出口，後面的話就被一陣哄笑聲給淹沒了。獨眼大吃一驚，這個總共不到二十平方米的空間裡，怎麼會有這麼多的笑聲？雖說它不知道自己哪裡說錯了，引得其他「人」哄笑，但是它聽到的笑聲應該是由老婆婆一個「人」發出的，最多加上後面的女鬼跟著哧哧地笑啊！

獨眼嚇得立即連連後退幾步，一下又撞在了後面的女鬼身上。哄笑聲漸漸安靜下來。老婆婆的聲音飄飄忽忽而出：「笑什麼笑？你們看，這下嚇著了我們的新來者吧！這個房間裡這麼暗，就是為了怕它一時之間接受不了。結果計畫都被你們給弄糟了。」

老婆婆不說話則罷，一說話又將獨眼嚇了一跳。聽老婆婆的話，剛才那個活動的物體應該不是老婆婆自己了。那麼，那個東西又會是什麼呢？獨眼頓時毛骨悚然。它正要問老婆婆，卻被一個聲音打斷了。

那個聲音像是中年男子發出的：「老婆婆，這可不能怪我。我是三十多歲的男子，卻被它叫做『老婆婆』，我能不發笑嗎？」

獨眼身後的女鬼也幫著辯解：「是呀！在這麼多人面前將一個三十多歲的男子叫做老婆婆，確實令人發笑。呵呵。」

女鬼的笑聲還沒有停下，老婆婆便罵道：「妳這小女鬼，怎麼還說錯話呢？這裡哪來的一個人？」哄笑聲又起。

女鬼卻不跟著笑了，她急忙收住笑，道歉道：「老婆婆，我說話的習慣還是很難改過來呢。生前說得多了，死了短時間也改不過來。」

獨眼再也忍不住了，焦躁地問道：「老婆婆，這裡還有什麼人嗎？我怎麼聽到這麼多人的笑聲？」它也一時間改不了口。此刻，獨眼心裡七上八下，不敢再往前跨出一步。回頭看看女鬼，那女鬼卻不搭理它。獨眼急得心裡直罵女鬼的祖宗十八代。可是罵又有什麼用呢？女鬼的父母不是照樣關起門來不管它生前的死活？

老婆婆咳嗽了一聲，哄笑聲漸漸停止了。獨眼聽到老婆婆吩咐道：「那個小鬼，把燈盞點燃吧！」接著，獨眼聽見「刺啦」一聲，一根燃著的火柴在黑暗之中出現。那根火柴發出的光芒不是紅色的，而是綠瑩瑩的，並且十分微弱，比螢火蟲的光稍微亮一點點。獨眼當時的注意力全被那個奇異的光芒吸引住，根本無暇顧及周圍是否還有別的東西。

那個火柴緩緩移動，移動了大概一分米的距離，忽然發出「撲撲」的聲音。然後，那個光芒漸漸變大，還是綠色的，如同死潭裡的腐水，光芒的中心卻是一團漆黑。

火柴燃盡了，但是光芒還在那裡，像小孩子用稻草稈吹出的一個肥皂泡，漸漸離開了稻草稈，飄浮到了半空中。剛開始那個光芒搖曳不定，忽大忽小，像是肥皂泡被空氣中的微風吹動。漸漸地，那個光芒穩定了，光芒中心的漆黑部分生出幾團紅色來。

獨眼認得那個紅色的東西，那是燈花。燈盞的芯燒久了就會出現的燈花。

在生前居住的村子裡還沒有電燈之前，它無數次拿起妻子的髮簪撥弄過這樣的燈花。每次撥弄之後，燈盞的光芒都要比之前亮許多。

正在它這麼想的時候，果然一個銀色的髮簪出現在光芒裡。髮簪輕輕一挑，那紅色的東西就跳躍而出，落在了獨眼的腳前，很快就如離了爐子的火星一樣熄滅了。但是綠色的光芒陡然亮了許多，也照亮了這個昏暗小屋裡的每一個角落。

隱藏在黑暗背後的畫面一瞬間被這強勁的光芒暴露出來，一覽無遺地展示在獨眼的面前！

獨眼抬起頭來，被眼前的情景嚇得目瞪口呆，渾身發麻！

它的第六感沒有錯，這個屋子裡果然不只有它所見過的三個鬼！在它面前的，是如同春天的池塘裡的蝌蚪一樣聚集的黑頭！獨眼嚇得全身六百三十九塊肌肉全部變得石頭一般僵硬。巨大的恐懼感使它剎那之間變成了一塊不折不扣的石頭人。

每一個頭上都有一雙眼睛，無數雙眼睛毫無表情地瞪著它，間或有幾雙眼睛在眨動。

7

獨眼對爺爺說，它怎麼也沒有想到，一個小小的茅草屋裡，居然可以裝下這麼多的陰溝鬼！它們全部是自己的親人或者朋友設計陷害致死的！它們都跟獨眼有著大同小異的經歷，都由不願意轉變為主動出謀劃策。

女鬼似乎早就等待獨眼驚訝到極點的這一刻到來，滿面春風得意，兩眼笑成了彎月，雙手盡情揮舞道：「看見沒有！這就是我們團結在一起的力量！這就是我們跳出輪迴的希望！」女鬼激動得像一個充滿了熱情的政客，在演說的時候幻想統一天下的畫面。獨眼回想在床上的時候，她的熱情更加令人可怕。

擁擠在一起的眾鬼把這種熱情傳染開來，無數雙眼睛裡充滿了興奮的神色。

可是獨眼仍然不明白它們要怎樣跳出輪迴。它跟女鬼不一樣，它不是為了擺脫輪迴的控制而加入它們，它僅僅是為了能看著自己的孫兒長大爭取一些留在人間的時間。

「我還是想不明白，我們怎樣做才能像妳說的那樣跳出輪迴。」獨眼問道。

女鬼呵呵一笑，道：「每一個新來的鬼都不知道怎麼做，你慢慢地體會就能學會了。其實我不妨告訴你一個消息，你要找的那個瘋癲的道士，以前也是我們這裡的成員之一。」

獨眼一驚，急忙問道：「瘋癲的道士？它是你們以前的成員之一？」不等女鬼有任何表示，擁擠在屋裡的眾鬼都點了點頭。

正在聽獨眼回憶的爺爺大吃一驚，我的心裡自然也不免一緊，難道一直住在那個荒草瘋長的破廟裡的歪道士也曾是陰溝鬼？難怪初中的老師不要學生接近歪道士。但是不可能的，如果他是鬼，怎麼會對學校的學生如此溫和呢？為什麼他還會跟那個唱孝歌的白髮女人在一起呢？

雖然心中有許多疑問，但是我還是將所有的問號悶在肚子裡，暫且聽獨眼把後面的事情講完再說。大概爺爺也是同樣的想法，所以我們都沒有打斷獨眼的回憶。而獨眼暫時肯定還不知道它說的瘋癲道士就是我們認識的歪道士。

女鬼來回踱了幾步，樣子像個統籌全軍的將軍，信心十足地說道：「它原來是我們之中的一份子，可是卻不願意為我們做貢獻，一心只想跟著我們混飯吃，而跳出輪迴的時候自然有它的一份。可是它想得太幼稚了，如果我們都不貢獻一份自己的力量，都像它那樣等著別人給自己付出，那麼我們的目標就永遠不可能達到了。」

屋裡的眾鬼又跟著點了一陣頭。

女鬼轉了身，對著外面的木柵欄門冷笑道：「所以我們將它驅逐出去了。它現在還想回到我們之中來，可是我們無論如何也不會讓這樣私心的份子重新加入！」它的冷笑讓獨眼毛骨悚然，似乎此刻那個瘋癲道士正在木柵欄門外央求讓它進來。

在聽女鬼講述的時候，獨眼藉著綠色的光瞟了一眼擁擠在這個房間的眾鬼，卻沒有發現女鬼的「姐姐」的影子。獨眼心下生疑，它為什麼不在這裡？難道它才是真正的幕後主使者？它才是第一個引誘人喝下兩碗茶水的陰溝鬼？

獨眼有些猶豫了。

就在這時，女鬼的「姐姐」突然闖入，神色慌張道：「大家快些避一下，有許多人朝我們小茅草屋裡走來了，看樣子是要到這裡來找什麼東西。快快快，大家都迅速一點！」

一時間，屋裡混亂不堪。眾鬼皆神色慌張，急急忙忙往後退。獨眼這時才知道，每個小房間裡都有一個暗門，隨時可以撤退到屋後的陰溝裡去。

女鬼拉起獨眼也要往暗門走，獨眼不依，疑問道：「反正我們是他們看不見的，我們何必驚慌？他們要來隨他們便是了。」獨眼說這些話是因為它回了一趟家，發現親人們看不見它才這樣認為的。

女鬼不聽它的話，硬生生拉著它混在眾鬼之間往暗門走。這個時候，女鬼如政客一般的熱情不見了，慌張得如同見了獵人的兔子，巴不得一下就蹦出去。

走出暗門，獨眼發現後面是一條普普通通的排水溝，溝裡臭水肆流，臭水面上是骯髒的五色油幔，溝的上空有無數隻蒼蠅正在嗡嗡嗡地飛舞。眾鬼不及掩鼻閉嘴，紛紛跳入臭水溝裡，但是沒有發出落水的「撲通撲通」聲，卻有熱鐵塊遇到冷水的「嗤嗤」聲。

前面的陰溝鬼跳進臭水溝就不見了，後面的陰溝鬼毫不猶豫地跟著跳入。

獨眼走到臭水溝前又猶豫不定了。雖然此時它已經聞不到這裡的臭味，但是它對骯髒的水還是有一種本能的排斥感。

女鬼見它猶豫不決，生氣地罵道：「你知道嗎？我給你喝的茶水就是這裡的臭水。你都能順利地喝下去，難道還怕臭水髒了皮膚？快跳下去吧。」

獨眼一陣噁心。原來它喝的就是這裡的臭水！獨眼本想罵女鬼一通，但是話到嘴邊卻變了樣：「我們為什麼要躲避外面的人！」

女鬼見它這麼一說，口氣頓時軟了下來，嘆口氣道：「在我們還沒有跳出輪迴之前，我們還是很微弱的陰溝鬼，連溺死的水鬼都不如。外面這麼多人一起進來，屋裡的陽氣太盛，會傷了我們的。所以我們躲避並不是怕那些人，而是怕傷了我們的陽氣。我不會害你的，快點跳進去，再晚就來不及了！」女鬼說完，又用力拖獨眼。

獨眼嘆息了一聲，無奈地跟著女鬼跳入排水溝。

獨眼剛剛落到臭水溝，就聽見一個熟悉的聲音從屋裡傳來。那個稚嫩的聲音哀嚎道：「爺爺呀……我的好爺爺呀……」

8

「是我的孫子！」獨眼拉了拉女鬼，心中莫不焦急。

「你的孫子？」女鬼迷惑道，「他怎麼知道你在這裡？」

還沒等獨眼回答，屋裡又傳來其他人的哭聲。

「我的老伴、兒子、兒媳都來啦！」獨眼的一隻眼睛裡湧出激動的淚水，「他們一定是得到我的消息，到這裡給我收屍來了！」

「哭有什麼用！」女鬼大聲罵道，「哭也不能讓你復活，你的親人哭嚎得聲音再大，掌管生命簿的閻王爺也聽不到，更不會動心改你的壽命！」末了，女鬼又改成一副同情的模樣，哀嘆道：「你要知道，你現在已經不是活人了，你就是再怎麼樣也不會改變這個事實。你唯一的選擇就是跟著我們跳出輪迴。」

獨眼死死地看著面前裝模作樣的女鬼，不知道是應該恨她還是應該恨自己。恨她千方百計勾引，恨自己色性不改，一時糊塗。

不過確實如女鬼所說，它已經不可能跟親人重新團聚在一起了。即使它能見到親人們，但是他們也感覺不到自己的存在了。這是多麼令人傷心的事情！

獨眼抬起頭，看見頭頂上漂浮著的五光十色的油幔，一如生前抬頭看到天上的晚霞夕照。雖然身體潛伏在臭水裡，但是呼吸不覺得困難，也聞不到噁心的臭味。獨眼不知道是自己跳入排水溝後身體變小了，還是由於水的折射看外面的東西變形了。跳入水溝之前看到的無數飛舞的蒼蠅，此時正在油幔之上曼舞，一如生前看到鳥雀在空中掠過。

這是一種無法形容的奇妙感覺。這裡也有天，也有地，也有飛翔的鳥雀。雖然心裡明白這不過是骯髒的油幔、稀爛的溝底、嗡嗡的蒼蠅，可是看起來確實像那麼一回事。

這時，耳邊又響起女鬼的勸慰聲：「你就認了吧！這裡就是你的天地了。目前你不可能回到生前那樣的環境中。」

獨眼終於低頭了。

是的，這裡已經成為它的居身之所。不管願意還是不願意。獨眼猜想它的父母去世之前也一定跟自己有著同樣的感覺，雖然靈魂站在親人們的中間，但是親人們已經感覺不到死者靈魂的存在了……

在它浮想聯翩的時候，女鬼一直在旁喋喋不休，無非是勸它不要傷心，要它盡心盡力地輔助女鬼它們一起傷害其他無辜的人，為陰溝鬼的團體貢獻一份堅實的力量。

獨眼雖然厭煩，但是目前的狀態已經令它無可奈何。

「好吧！」獨眼點點頭，抹去了眼眶中的淚水。而此時，茅草屋裡的哭聲漸漸變小，只有它的乖孫子還在折騰，哭得稀哩嘩啦，一定要爺爺「醒過來」。

陰溝鬼們一直等到哭聲和腳步聲都遠去，才從排水溝裡爬出來。很多陰溝鬼的臉上都帶有幾分悲傷的神色，也許是剛才的哭鬧聲讓它們想起了自己被害死時的情景。

這時，我打斷了獨眼的回憶，驚訝地問道：「既然有這麼多的陰溝鬼，那麼在這裡被害死的人一定特別多。可是人們怎麼不留個心眼，避開這個是非之地呢？」

但是獨眼還沉浸在悲痛之中，眼裡再次流下了動情的淚水。其他四個瞎鬼也嚶嚶噎噎，只是眼裡流不出淚水。

爺爺替獨眼回答道：「陰溝鬼來自各個不同的地方，當地某一個人被陰溝鬼害死之後，那個被害死的人就會接連害死它的親人。它們很聰明，害死幾個人之後，會馬上更換害人的地點，尋找新的目標。如果獨眼害死了幾個自己的親人，它們也會隨即更換到新的地點。」

獨眼含著淚水點點頭。接著，它又爆出一個驚人的說法：「這個被我們吸了部分精氣的文歡在，就曾經是我們要加害的一個目標。曾經勾引我的那個女鬼，再次使用同樣的手段誘惑文歡在。可是文歡在比我強多了，他一心掛念著家裡的妻子，對女鬼的色誘連正眼都不瞧一下。」

爺爺插話道：「所以，你們一目五先生就強行逼迫……」

「對。」獨眼點點頭，「他是我們到文天村後的第一個目標，如果不害死他，我們在這裡就找不到更多的陰溝鬼。」

「你也可以害其他人，為什麼非得害文歡在呢？」我問道。

獨眼道：「你忘記了嗎？我們曾去過一個綽號叫文撒子的家裡，但是被你們給破壞了。」

我立即想到一目五先生在文撒子床邊吸氣的情景。原來他們是在文撒子身上失敗之後才將注意力轉移到文歡在這裡的。可見它們確實蓄謀已久。

「那女鬼對文撒子的引誘也沒有起到任何作用嗎？」我問道。

獨眼嘴角拉出一個勉強的笑容，道：「文撒子那傢伙一看就是個經不住美色誘惑的傢伙，但是他心裡比誰都精靈著呢！見女鬼叫他喝茶，他說他要喝酒，女鬼弄不出酒來他就不喝。其實他的心裡早就知道情形不對了，但是他不說穿。最後，他跟女鬼在稻草床上……那個之後，提起褲子就走了。」

我心裡笑道，這可是偷雞不成蝕把米啊！所以後來文撒子做生意風生水起的時候，別人覺得不可思議，但是我卻認為是意料之中的事情。

獨眼道：「女鬼失手之後，十分惱怒，就叫我們來收拾他。誰知恰好碰到了你們爺孫倆。」

9

聽到獨眼說的這些話，我心中不無得意。要是一一算來，爺爺救過的人實在是太多了。

爺爺問獨眼道：「你帶著的這四個瞎子也是用同樣的方法騙來的，是吧？」

獨眼點點頭。

「他們看都看不見，如何用美色勾引？」爺爺問道。這也是我心裡的疑問。在瞎子的眼裡，人沒有美醜之別，對付獨眼的那一套自然是不好用了。

獨眼道：「你們還沒有聽我說跳出輪迴的方法呢！它們四個就是相信了跳出輪迴的那套騙人把戲才鐵了心加入的。」

「哦？」爺爺瞇起眼來，等著獨眼解釋它們怎樣跳出輪迴。

獨眼道：「說來挺嚇人，其實很簡單，就是吸取新來者的精氣。」

「吸取新來者的精氣？」爺爺問道。看來爺爺對這個新組織起來的陰溝鬼的存在形式還不甚瞭解。這個連《百術驅》上都沒有解釋。想到《百術驅》，我心中又不免升起點點擔憂。到目前為止，一點關於《百術驅》的消息都沒有。

獨眼也講了許久了，我擔心竹床上的月季被那隻出現過的野貓抓壞，於是移步去竹床邊將月季抱在手裡。

月季的花葉有些萎蔫，可能是剛才被一目五先生吸去一些精氣的緣故。我不免有些心疼地撫摸月季的藍色花瓣。

獨眼道：「其實每個新加入的陰溝鬼，都會給引它加入的陰溝鬼提供了一定的精氣。比如我，那個女鬼和它姐姐在引誘我的時候，已經用採陽補陰的方法吸去了我的大部分精氣。當然了，它們在吸取精氣之後，還要向帶它們進來的老婆婆貢獻一部分精氣。據我所知，老婆婆上面還有分享精氣的陰溝鬼，至於老婆婆上面還有多少陰溝鬼要分享新加入者的精氣，我就不知道了。」

採陽補陰本是道教裡的房中術，沒有想到陰溝鬼們居然也會使用。我曾聽過一個謎語：「採陽補陰，母妖求利，打一成語。」我百思不得其解，後來終於在另一本書上看到了同樣的謎語，並且是附有答案的。答案是「精益求精」。它的解釋是：「採陽補陰＝精，利＝益，母妖＝精。」我恍然大悟。

在沒有看到那個謎語之前，爺爺也曾跟我講起過關於「夏姬」的故事。

那是西元前六百多年的事情了。夏姬是鄭穆公的女兒，自幼就生得杏臉桃腮，蛾眉鳳眼。長大後更是體若春柳，步出蓮花，羨煞了不知多少貴冑公子。夏姬是一個顛倒眾生的人間尤物，她具有驪姬、息嬀的美貌，更兼有妲己、褒姒的狐媚，而且曾得異人臨床指點，學會了一套「吸精導氣」之方與「採陽補陰」之術。

之後她曾多方找人試驗，屢試不爽，因而豔名四播，也因此聲名狼籍。父母迫不得已，趕緊把她遠嫁到陳國，成了夏御叔的妻子，夏姬的名字也就由此而來。

可是夏御叔壯年而逝，有人就說是死在夏姬的「採補之術」之下。

喪夫之後的她並沒有因此收斂，反而更加明目張膽地招入更多入幕之賓，大張旗鼓地進行「採陽補陰」之術，吸取更多男人的精氣。因此一直到四十多歲，她依然容顏嬌嫩，皮膚細膩，保持著青春少女的模樣。

我收起思維，抱著月季，繼續聽獨眼講解它們是怎樣利用精氣，又是怎樣跳出輪迴的。

獨眼道：「陰溝鬼本身虛弱無比，但是隨著吸入的精氣增多，實力漸漸增強。當越來越多的陰溝鬼加入的時候，最先害人變為鬼的陰溝鬼就獲得越來越多的精氣。一變二，二變四，四變八，別看這之前的變數不大，但是如此循環十多次之後，那可是一個相當龐大的數字！」

我點點頭，這是一個具有魔力的數字遊戲。高中的數學老師在講解等比數列的時候曾告訴我們，如果你能將一張普通的紙反覆摺疊三十多次，那麼這張紙的高度可以伸及月球。

因此可以想像，當陰溝鬼的「輩分」擴展到三十多個層次的時候，最上層的陰溝鬼可以獲得多麼巨大的力量！

而下層的陰溝鬼為了獲得同等的力量，肯定會不擇手段地害死更多的人！暫且不說最上層的陰溝鬼能不能利用這些數量龐大的精氣跳出輪迴。如果這個情況任由發展下來，那麼到時候恐怕地面到處都是擁擠的陰溝鬼，連人都沒有可以站立的位置了！那麼，世界上到處是鼻子擠鼻子、眼睛擠眼睛的陰溝鬼！那將是一幅多麼可怕的場景！

獨眼又說：「老婆婆告訴新加入的陰溝鬼，如果它能吸取一百個人的精氣，那麼它就能不受輪迴的控制了！可以永存於這個世界之上！聽聞者莫不歡欣鼓舞。」

爺爺咬牙切齒道：「真是比狐狸還要狡猾！」我立即想到了跟女色鬼不共戴天的狐狸道士。

「那麼，你相信嗎？」我問道。

獨眼點了點頭，又搖了搖頭。

我急忙問道：「你點頭是什麼意思？搖頭又是什麼意思？」

獨眼道：「我開始有些相信，但是隨著時間的推移，我又有些懷疑。總之我還沒有吸取一百個人的精氣，所以我不敢確定。要等我做到了這些，又確確實實跳出了輪迴，我才會相信。」

爺爺怒道：「你自己都沒有完全確定下來，怎麼可以就馬馬虎虎地將它們四個瞎子害死呢？我看那些茶水不只是能毒害人的身體，還能蠱惑人的心靈！」

獨眼慚愧地低下了頭，它旁邊的四個瞎鬼默不作聲。

爺爺嘆了口氣，在地面畫了一個大圈，疲憊地說道：「你們先待在這個圈裡，這些天都不要出去，安心等我回來。」

10

獨眼不依，說道：「那可不行。我們雖然吸取了一些人的精氣，但是還不敢見陽光。您走了，明天早上太陽一出來，我們不就完了？」

這時，一陣透著涼意的風從南方吹過來。爺爺笑了笑，道：「南風帶涼，久陰不陽。你們放心吧！要到逢七的日子才會出現陽光。這個月的初七，二七一十四，三七二十一，四七二十八，外加十七，二十七，這些日子才會由陰轉晴。」

獨眼問道：「今天是農曆初九。也就是說，要到這個月的十四才會變晴嗎？期間這五天一直陰天或者下雨？」

爺爺點點頭，道：「如果明天風大的話，十三的傍晚可能下一場毛毛雨，十四一早就放晴。不過你放心，我們在下那場毛毛雨之前就會趕來救你們的。」

獨眼不放心地問道：「您說的『南風帶涼，久陰不陽』是哪裡的句子？您要我怎麼相信呢？萬一明天就出太陽了，那我們該怎麼辦？」

爺爺笑道：「跟你說了你也不一定知道，你又何必多問？」

獨眼卻一定要在「關公面前耍大刀」，眨了眨那隻獨眼問道：「難道是《易經》裡的東西？」

爺爺笑道：「不是。」說完，拉起我就要走。

獨眼雖見爺爺要走，但是不敢拉住，也不敢跨出那個圓圈。它在圓圈裡朝爺爺喊道：「我原來也看過不少古書呢！莫不是你自己杜撰出來的？」

爺爺站住，卻不回頭，嘆了口氣回答道：「說了你也許會失望。這不過是一本關於種田的古書，名字叫做《田家五行》，是元朝末年一個叫婁元禮的人編撰的。原來也許還有人提起過，但是現在恐怕都沒有人知道這個名字。」

在旁當聽眾的我欣喜不已，原來只知道爺爺有《百術驅》，沒想到他還有一本《田家五行》。雖然聽名字就知道這本書與玄術沒有任何關係，只是一本普普通通的關於種田的書，但是種田就要關係到天氣、雨水等等，如果能夠學到預測天氣的知識，那該多好！

那時的我無憂無慮，所以這也想學、那也想學，彷彿體內的精力消耗不盡。不像現在上大學的我，這也不願學、那也不願學，被一大堆問題折磨得精疲力竭。

獨眼聽爺爺說出「田家五行」四個字來，愣了一愣，驚訝地朝爺爺喊道：「這本書我只聽我的父親講過，但是看見過這本書的是我爺爺的爺爺。我以為這本書早已經失傳了呢。沒想到您還能知道裡面的內容！真是佩服！我會安心地待在這個圓圈裡等您和您的外孫回來的！」

我心裡有些驚訝，沒想到這個獨眼對古代書籍還挺瞭解的。我回過頭去，看見它和四個瞎子有些落寞地站立在圓圈中間，顯得十分可憐。南風一陣比一陣大，吹得一目五先生像五個稻田裡恐嚇麻雀的稻草人。

我緊跟上爺爺的腳步，拉了拉爺爺的袖口，問道：「我們不跟文歡在他們說一聲嗎？難道就這樣不辭而別？」

爺爺說道：「時間太急，我們先回去做準備。時間越短，陰溝鬼害死的人就越少。我估計除了一目五先生，陰溝鬼的團隊裡還有其他專門在外害人的鬼。現在別的地方還有人正處在危險之中。再說了，文歡在他們被一目五先生的睡風吹了，要叫醒他們還要花不少精力。不過到明天早上，公雞一打鳴，他們就自然會醒過來了。」

爺爺的腳步越走越急，我有些跟不上，只好走一段跑一段。

從文天村到畫眉村，中間要翻過一座不算很高的山。其中的路線在我跟爺爺捉食氣鬼的時候交代過，所以這裡不再重複。

走到兩邊都是桐樹的山路上時，我終於忍不住要開口問爺爺關於《田家五行》的事情了。我故意先嗽了兩嗓子，藉此引起爺爺的注意。

爺爺立刻中了我的小計謀，回頭看了看我，又用手摸了摸我的額頭，問道：「是不是剛剛在文歡在那裡待久了，被風吹感冒了？」

我搖了搖頭，說：「爺爺，我沒有感冒，就是有幾個問題想問問你。但是你走這麼快，我不好問。」

爺爺敲了敲我的腦袋，笑眯眯地問道：「你還有不好問的時候？呵呵，說吧！是不是關於《田家五行》的問題？是不是想問《田家五行》為什麼不給你看？」

我不好意思地點了點頭，原來我的肚子裡想些什麼爺爺全都知道。

「你看見過爺爺拿出那本書來讀過沒有？」爺爺又開始賣關子了。

「沒有。」我確實沒有見過爺爺拿出一本封面寫著「田家五行」的書讀過。從小我就在爺爺家裡翻箱倒櫃，爺爺家裡的東西我比他還要清楚。我甚至記得堂屋裡的土牆上被土黃蜂螫出的洞的形狀。

「那不就是了。爺爺沒有這本書。」爺爺皺了皺眉頭，不無傷感地說道。那種傷感的表情我在香煙山的和尚臉上見過，在做靈屋的老頭子臉上見過。

「沒有這本書？那你怎麼知道裡面的內容呢？」我傻乎乎地問道。

「呵呵。」爺爺雖然笑出了聲，但是那種笑聲聽起來讓人憂鬱。「原來是有的，但是你姥爹叫我把它燒了。那本書是姥爹的哥哥不知從哪裡弄來的，反正非常珍貴，恐怕世上沒有幾本傳下來的。」

「這麼珍貴的書為什麼要燒掉呢？」我問道。這時，爺爺的家已經在不遠處了。那是姥爹，還有那個曾經中舉的姥爹的哥哥生活過的家。如果還要往上追溯，真不知道多少代人在這個屋裡出生，又在這個屋裡壽終正寢。

11

可是這個青瓦泥牆的房子不知不覺中，已被幾棟紅瓦紅磚的小樓房圍住，造成一種困獸猶鬥的景象。舅舅說，過兩年等錢賺夠了就要將這個房子拆掉，到挨著老河不遠的水田裡建一棟樓房。

當舅舅說這話的時候，我看不到爺爺臉上有任何欣喜的表情。我一想到再過幾年，這個老屋成為斷壁殘垣，心中不免一陣淒涼。

但是對舅舅來說，建樓房已經是迫在眉睫的大事了。因為潘爺爺的女兒已經答應了婚事，但是要求舅舅建一棟樓房。潘爺爺的女兒還是很通情達理的，她不要求舅舅在結婚之前就把樓房建成，只希望舅舅在三、五年之內建成就行。

當舅舅興致勃勃地去老河旁邊看地基的時候，我就莫名其妙地感到一陣陣恐慌和失意，而爺爺手上的菸抽得比平時要快很多。

爺爺笑道：「還不是因為文革！除四舊嘛，舊思想、舊文化、舊風俗、舊習慣都要破除，不然就要抓起來批鬥。我想保留的那幾本書都屬於舊文化，必須燒掉。《百術驅》還是我拼了命才救回來的。」

爺爺在說這話時，用一雙憂鬱的眼睛望了望自己的房子。

那些書已經化為灰燼，不可能再重回手中。但是這個房子也要眼睜睜地看著它消失。這裡不但銘刻著爺爺年輕時候的許多夢想，也保留著我孩提時的許多記憶。當這個房子消失的時候，也是我的記憶從此沒有著落的時候。

我知道是我說的話引得爺爺心裡不愉快了，連忙岔開話題道：「爺爺，我們這麼急回來，是不是要拿東西去制伏那些陰溝鬼？」在我的猜想裡，爺爺是要回來畫一些符咒，帶著有用的東西，然後折道去陰溝鬼聚集的地方，將所有陰溝鬼收服。

爺爺搖了搖頭，說：「我們還不知道陰溝鬼在哪裡，怎麼去制伏它們？」

我說：「叫一目五先生帶我們去不就可以了？」

爺爺道：「一目五先生未必會跟我們說實話。它們雖然怕我，但是它們同樣害怕出賣同伴後遭到報復。並且它們知道我身上的反噬作用還很厲害，搞不好會夥同其他夥伴來害我呢！它們有那麼多的加入者，我們沒有準備就去的話，未必是它們的對手。」末了，爺爺又自言自語道：「雖然捉它們不是很難。」

「那你打算怎麼辦呢？」我問道。爺爺的家就在幾十米之外了。一個窗口的燈還亮著，奶奶肯定是還在等爺爺回家。在這個寂靜的夜裡，那盞燈就如茫茫無際的大海裡的航標。

爺爺指著那盞燈，笑道：「我的打算是，讓你好好睡一覺。其他的事情都要等明天天亮了再說。」

我跟爺爺剛走到地坪裡，窗戶裡立即就響起了奶奶的聲音：「你們倆可算是回來了！我就有這樣的預感，你們今晚會回來！」

奶奶的聲音由窗口移到堂屋裡，然後聽得「吱」一聲，大門打開了。奶奶出現在門口，滿臉笑瞇瞇的。總聽人家說什麼「夫妻相」，我發現奶奶跟爺爺確實越來越像一個人了。雖然奶奶比爺爺胖一些，但是眼角的紋路、臉上的笑容漸漸地相互融合。

爺爺道：「妳總說自己的預感準，猜對了就自我誇耀，猜錯了卻沒有見妳說過一句話。」

奶奶故意朝我揮了揮手，譏諷道：「我哪裡是預感這個老頭子回來喲，我是預感我的心肝外孫要回來呢！亮仔，快快，我把你睡的床都鋪好了，快點洗洗睡覺。跟你爺爺在外面瘋了這麼久，也該休息了。」

剛剛跨進大門，爺爺就沉聲問奶奶：「我父親用過的算盤還在衣櫃頂上嗎？」

奶奶說：「在呢！我用油紙包著的，應該沒有被老鼠咬。但是放了好些年頭了，恐怕要洗一洗才能用。喂，你突然問算盤幹什麼？現在誰還用算盤算帳啊？再說，你父親不在之後，我們手裡經過的帳數也沒有大到用筆算不清的地步啊！」

爺爺道：「我有別的用處，不是算帳。」他並沒有說要算盤到底有什麼用，但是奶奶不再追根問底。

她說：「你要看自己去看吧！就在衣櫃頂上。幾把鐮刀也放在那裡，拿算盤的時候小心一點，別割傷了手。」

奶奶習慣了倒完水就給我擦腳，她很多時候忘了我已經是成年人了。我一邊將奶奶手裡的毛巾拿過來，一邊問道：「奶奶，算盤為什麼要跟鐮刀放在一起啊？」

在一般的農人家裡，收稻穀用的鐮刀要麼放在閒置的打穀機上，要嘛和柴刀或者草帽放在一起。一旦要用的時候也方便尋找。

奶奶道：「你姥爹臨死之前交代過的，這個算盤惡氣比較大，放鐮刀在旁邊可以鎮住它。」

「鎮住它？算盤還怕鐮刀不成？」我詫異道。這樣的例子我只在童話故事裡看到過，沒想到奶奶也說出這樣的話來。

奶奶捶了捶腰，從臉盆旁邊站了起來，說道：「鐮刀是尖銳的利器，容易割傷人，所以就拿來鎮一鎮算盤的惡氣囉！放剪刀也可以，可是我經常要用剪刀做鞋底或者做菜的時候剪生薑，懶得爬上爬下去衣櫃頂上取，乾脆就把鐮刀放那裡了。」

奶奶回答的不是我想要聽到的解釋。

奶奶又道：「本來一個人死了，他生前用過的東西都要燒掉的，免得哪件東西是他喜歡的，死後又回來取。但是你姥爹說有幾樣東西不要燒，一個是你爺爺喜歡的書，一個就是他自己經常用的算盤。」

12

說到算盤，奶奶突然心血來潮問我：「亮仔，你知道算盤是什麼人發明的嗎？」

我搖搖頭。我知道中國的四大發明是指南針、火藥、活字印刷術和造紙術，並且從歷史教科書上知道活字印刷術是宋朝的畢昇所發明的，造紙術是漢朝的蔡倫所發明的。至於指南針和火藥，我就不知道是誰發明的了。

其實，我早就覺得算盤和陰曆的發明應該和四大發明一樣偉大。算盤簡化了中國人幾千年的計算方法，而陰曆更是神奇，幾千年前的我們的祖先竟然能發明一種可以和現代的西曆媲美的計算年月日的方法。並且由陰曆引申出風水、八字、天氣預測等與人們的生活息息相關的知識來。

真不能低估祖先們的智慧！

只是可惜，現代的人離祖先的智慧越來越遠了。這些自以為是的子孫在尋找更精密的測試儀器的過程中，已經將祖先遺留下的精神內核拋棄了！

奶奶見我搖頭，皺眉道：「你在學校裡都學些什麼呀？中國人用了這麼久的算盤，你們學校的老師居然不講講它是怎麼來的？」

我又尷尬地搔搔頭。我就在讀小學的時候簡單學過兩三節珠算課，背了幾句「三下五除二」的半生不熟的口訣。從那之後再也沒有碰過算盤。大概比我小幾屆的學生對算盤更是陌生。

奶奶笑道：「你們老師不講，我給你講講吧！你奶奶沒上過幾年學堂，但是知道算盤是黃帝的一個手下發明的，他的名字叫做隸首。」

「隸首？」我一邊擦腳一邊問道，「那麼，奶奶妳知道指南針和火藥是誰發明的嗎？」後面那個問題完全是因為我自己不知道四大發明的發明者才隨口問的。不過，我沒想要從奶奶嘴裡問出什麼來。因為歷史教科書上對指南針和火藥的發明者都隻字未提，奶奶沒有讀過幾年書，更是無從知道了。

奶奶卻順口回答道：「指南針是風后發明的，火藥是一個煉丹的道士發明的。風后也是黃帝手下的一個老臣。他們都是當時的方術之士。」

我驚訝了！原來古代的方術之士竟然有這樣的智慧！

奶奶補充道：「你們現在習慣說指南針，其實風后發明的是指南車，又叫司南車。這種工具跟你們說的指南針的用法一樣，但是指南針靠的是磁鐵，指南車卻是木頭做的喲。」

我更加驚訝了：「木頭做的？不是吧？木頭怎麼可以指南呢？」

奶奶笑道：「魯班做的木鳥還能在天空裡飛呢！指南車怎麼就不能是木頭做的呢？」

在我的心裡，一直以為古代的指南車不過是某個人意外發現了一塊磁鐵，又偶然發現了磁鐵指向的特性，這才機緣巧合做成了指南車。整個製作過程依靠的不過是運氣罷了。我從未想像過指南車竟然真是木頭做成的！木頭怎麼可以指南？

後來我特地去查找了相關方面的書，果然如奶奶所說，指南車的確是木頭製作的！

書中解釋：指南車與司南、指南針等相比在指南的原理上截然不同。它與指南針利用地磁效應不同，它利用差速齒輪原理。它是一種雙輪獨轅車。車上立有一個木人，一手伸臂直指，只要在車開始移動前，根據天象將木人的手指向南方，以後不管車向東還是向西轉，由於車內有一種能夠自動離合的齒輪繫定向裝置，木人的手臂始終指向南方。

幾千年前的中國人的祖先居然已經懂得利用「差速齒輪原理」！而幾千年之後的人們在汽車時代才開始研究這個原理！

奶奶當然不懂汽車研究中的「差速齒輪原理」，但是自有屬於她的解釋。她對我說：「風后是根據天上的星星製造出指南車的。」

我一頭霧水，茫然道：「根據天上的星星？」

奶奶很認真地點頭，隨後給我解釋風后是怎樣根據天上的星星造出指南車的。她說：「這得從五千年前黃帝大戰蚩尤的傳說說起。」

一聽到奶奶要講古老的傳說，我立刻來了興致，催促道：「快講給我聽。他怎麼根據星星來造指南車的？」我聽過古人夜觀星象來預測凶吉和天氣，卻從來沒有聽說過古人還可以根據星象來發明木頭儀器。

奶奶娓娓道來：「當時黃帝和蚩尤作戰三年，進行了七十二次交鋒，都未能取得勝利。在一次大戰中，蚩尤在眼看就要失敗的時候，請來風伯雨師，呼風喚雨，給黃帝的軍隊造成了重創。黃帝也急忙請來天上一位名叫旱魃的女神，施展法術，制止了風雨，才使得軍隊得以繼續前進。這時詭計多端的蚩尤又放出大霧，霎時四野瀰漫，使黃帝的軍隊迷失前進的方向。黃帝十分著急，只好命令軍隊停止前進，並馬上召集大臣們商討對策。應龍、常先、大鴻、力牧等大臣都到齊了，唯獨不見風后。有人懷疑風后是不是被蚩尤殺害了。黃帝立即派人四下尋找，可是找了很長時間，仍不見風后的蹤影，黃帝只好親自去找。當他來到戰場上時，發現風后獨自一人在戰車上睡覺。黃帝生氣地說：『現在都什麼時候了，你怎麼在這裡睡覺？』風后慢騰騰地坐起來說：『我哪裡是在睡覺，我是在想辦法。』接著，他用手向天上一指，對黃帝說：『你看，為什麼天上的北斗星，斗轉而柄不轉呢？臣在想，我們能不能根據北斗星的原理，製造一種會指方向的工具，有了這種工具就不怕迷失方向了。』黃帝把風后的這個想法告訴眾臣，大家議論了一番，都認為這是一個好辦法。然後，就由風后設計，大家動手製作。經過幾天幾夜的趕製，終於造出了一個能指引方向的儀器。風后把它製作成人的樣子安裝在一輛戰車上，伸手指著南方。然後告訴所有的軍隊，打仗時一旦被大霧迷住，只要一看指南車上的假人指著什麼方向，馬上就可辨認出東南西北。」

13

聽完奶奶的故事，我不禁嘖嘖讚嘆。

奶奶笑道：「風后還是我們華夏民族的第一個宰相呢！不過在黃帝遇到他之前，他只是一個普普通通的農民，但是他對《周易》非常熟。」

我和奶奶在這邊屋子裡講話的時候，聽到了爺爺在另一間屋子裡翻東西弄出的磕碰聲。奶奶轉頭朝爺爺那邊喊道：「找到沒有啊？別把我放好的東西都翻亂了！我懶得又給您老人家收拾一遍！」

我俯身搓了搓腳板，跟爺爺在文歡在那裡待得太久，站得我腿腳有些痠痛了。我一邊揉腳一邊問道：「奶奶，不就一個算盤嗎？爺爺怎麼找這麼久呢？」

奶奶搖頭道：「我就說你爺爺不如你姥爹一半聰明。家裡東西他都不知道地方，放在他眼前了，他還要返過身去找。」爺爺對家裡事情的不關心確實有目共睹，但還不至於像奶奶說得那麼誇張。我知道奶奶是習慣了和爺爺拌嘴，這成了他們生活中的一件必不可少的事情。一天不見奶奶對爺爺說這說那，站在旁邊的我都會覺得渾身不舒服。

為了讓爺爺有充足的時間找算盤，也為了我的好奇心，我拉住奶奶問道：「妳還沒有說算盤是怎麼發明的呢！」

奶奶呵呵一笑，果然不再去管爺爺翻箱倒櫃，轉過頭來對我說：「發明算盤的那個隸首，跟你姥爹是同行。」

「跟姥爹是同行？他也是方術之士？」我驚問道。

奶奶搖搖頭，說道：「他們都是會計，呵呵。」

「會計？」

「是的。你姥爹是我們村裡的會計，隸首是黃帝的會計。話說黃帝統一部落後，先民們整天打魚狩獵，製衣冠，造舟車，生產蒸蒸日上。物質越來越多，算帳、管帳成了日常生活中常見的一項工作。一開始，用結繩記事、刻木為號的辦法，處理日常的帳務問題。有一次，狩獵能手于則，交回七隻山羊，保管獵物的人只承認交回一隻，但是一查實物，卻是七隻。為什麼只記一隻呢？原來保管的人把七聽成一，在草繩上只打了一個結。又有一次，黃帝的孫女黑英替嫘祖領到九張虎皮，嫘祖是黃帝的妃子，就是發明了養蠶的人。保管的人在草繩上只打了六個結，少三張。所以進進出出的實物數目越來越亂，虛報冒領的事也經常發生。黃帝為此事大為惱火。」

奶奶講到這裡時，我不禁為黃帝的那個時代感嘆。風后發明指南車，嫘祖發明養蠶，隸首發明算盤，這些可以媲美四大發明的能人居然都產生在同一個時代！而那時的科學，依靠的僅僅是幾本《周易》之類的書！

奶奶見我目瞪口呆，只是以為我聽故事聽得津津有味。她繼續講道：「於是黃帝命令隸首擔任宮裡總『會計』，並且要求他處理好算帳、管帳的問題。」

我心中暗想，這就是當領導者的好處，自己不用親力親為，交給某個人去辦就是了。辦得好證明領導英明，辦不好就是手下沒用。

「一開始隸首也沒有頭緒，他只好想方設法了。首先，他想出一個辦法——山楂果代表山羊；栗子果代表野豬；山桃果代表飛禽；木瓜果代表老虎等等，按野果的類別區分和計算不同的物品。這個辦法好是好，但是過一段時間就不行了。」

「為什麼呢？」我問道。

奶奶雙手一攤，道：「野果存放時間一長，全都變色腐爛了，一時分不清各種野果，帳目全混亂了。隸首氣得直跺腳。最後，他終於想出一種辦法。

他到河灘撿回很多不同顏色的石頭片，分別放進陶瓷盤子裡。這下記帳再也不怕變色腐爛了。由於隸首一時高興沒有嚴格保管。有一天，他外出有事，他的孩子引來一群頑童，一見隸首家放著很多盤子，裡邊放著不同顏色的美麗石片，孩子們覺得好奇，你爭我看，一不小心，盤子掉在地上打碎了，石頭片全散了。隸首的帳目又亂了。他一人蹲在地上只得一個個往回拾。隸首妻子走過來，用指頭在隸首頭上一點說，『你好笨哩！你給石片上穿一個眼，用繩子串起來多保險！』隸首當即茅塞頓開，他給每塊不同顏色的石片都打上眼，用細繩逐個穿起來。每穿夠十個數或一百個數，中間就穿一個不同顏色的石片。這樣清算起來就省事多了。隸首自己也經常心中有數。從此，宮裡宮外，上上下下，再沒有發生虛報冒領的事了。隨著生產不斷向前發展，獲得的各種獵物、皮張數字越來越大，種類越來越多，不能總用穿石片來記帳目。隸首好像再也想不出什麼好辦法了。有一次，他上山尋孩子，發現滿山遍野的成熟紅歐栗子，每株上邊只結十顆，全部是鮮紅色的，非常好看。他順手折了幾枝，拿在手裡左看右看，想利用紅歐栗子做算帳的工具，但又一想，不行，過去已經失敗過。隸首獨自一人坐在地上，越想越沒主意了。」

這時，爺爺在那邊房間裡大聲問道：「鐮刀旁邊的油紙包著的，就是算盤吧？」

奶奶沒好氣地回答道：「要我說一萬遍你才知道！」

我連忙打斷他們不友好的對話，扯了扯奶奶的袖子，說道：「奶奶，妳還沒有講完呢！」

奶奶對著爺爺的時候是一臉怨氣，轉過來對我的時候立刻就換上一副和藹可親的模樣。在她去世多年以後，我還時常想起那個晚上她的表情轉換。她是這個世界上唯一能為我做出這樣的表情變化的人。

當時奶奶臉上的笑容如夜晚偷偷開放的曇花一樣，她摸摸我的頭，說：「正在這個時候，岐伯、風后、力牧三個人上山採草藥，發現隸首手裡拿著幾串紅歐栗子坐在地上發呆。風后問隸首在想什麼。隸首轉頭一看，原是三位黃帝的老臣，趕忙站起來，把剛才記帳、算帳的想法告訴了他們。風后聽了隸首的想法，接過隸首的話說：『我看今後記帳、算帳不再用那麼多的石片，只用一百個石片，就可頂十萬八千數。』隸首忙問：『怎麼個頂法？』風后叫隸首把紅歐栗子全摘下來，又折下十根細竹棒，每根棒上穿上十顆，一連穿了十串，一併插在地上，然後就自己採草藥去了。」

「我找到算盤了。」爺爺拿著一個散發著腐酸氣味的算盤突然出現在我們面前，臉上掛著一絲捉摸不定的笑。算盤邊上的幾顆算珠被老鼠咬壞，露出木頭原本的顏色和紋路來。

14

奶奶指著爺爺手裡的算盤，笑道：「風后就是這樣插著紅歐栗子的，不過當時每一串是十個，當第一串十個不夠用了，才向第二串進一位。你爺爺手裡拿著的算盤是後來經過改良了的。」

我穿上鞋子走到爺爺身旁，用手摸了摸又老又舊的算盤，自言自語道：「我看這就是尋常的算盤嘛！沒有什麼特別之處啊！」

爺爺笑道：「李逵的板斧，關公的青龍偃月刀，都是因為人才出名。工具就是那幾樣，關鍵看人怎麼使用。你說對不對？」

「那你找這個算盤幹什麼？」我問道。

奶奶見我穿好了鞋，兩隻手搭在我的肩膀上將我往睡房裡推，「我的乖乖呀，你就快點睡覺吧！都是讀高中的秀才了，卻不對聖賢書感興趣，倒是像個跟屁蟲一樣老跟在爺爺的屁股後面。」奶奶一邊說，一邊推我。我無法抵抗，只好心不甘情不願地走進了睡房，將被子往頭上一矇，鞋子都不脫就入睡了。

人雖然睡了，但是耳朵還精靈得很，能聽見奶奶在跟爺爺說些什麼話，但是要聽具體的內容卻是不能。那時候的我經常出現這種狀態，但是現在的我頭挨著枕頭就睡著了，耳邊打鑼都不會醒。

奶奶好像在勸爺爺一些話，最後好像沒有勸成功。之後，我聽見奶奶的腳步聲走進了她自己的睡房裡，沒有聽見爺爺的腳步聲。我睡得迷迷糊糊，可是潛意識裡還有些疑問：爺爺怎麼還不睡覺呢？一目五先生還在文歡在的地坪裡等著我們去救它們呢！

也不知道過了多久，或許只有片刻，或許過了幾個小時，人在迷迷糊糊的時候是很難準確知道時間的長短的。混混沌沌中，我聽見了劈哩啪啦的算珠碰撞的聲音，間或聽見爺爺的沉吟。

我潛意識裡掙扎著要起來看看爺爺在做什麼，但是身子像被捆死了一般動不了。我吃力地哼了一聲。

也許是爺爺看出了我的不適，他邁步走到了我的床前。接著我感覺到一隻砂布一樣粗糙的手在我臉上摸了摸。那隻手的溫度彷彿有一種催眠的力量，將我所有的想法都擋在了九霄雲外。

然後，我做了一個夢。

我夢見了姥爹的墳墓，但是我不知道自己身在何處。我看見姥爹的墓碑動了動，然後發出類似木門打開時發出的「吱呀吱呀」聲。我心裡納悶，墓碑是石頭的，怎麼可能發出這樣的摩擦聲呢？正在我這樣想的時候，墓碑居然開了，一張青色的臉從墓碑後面出現。

我並不害怕，雖然我看不清那張臉，但是我確定那是死去的姥爹。我堅信姥爹即使做了鬼也不會來害他的曾外孫的。

墓碑打開的同時，很多白色的霧跟著從墓穴裡湧出來，如燒了濕柴一般，但是那些煙霧不嗆人。白色的霧將從墓穴裡爬出來的人罩住，一時看不清楚他的臉。我想問一問：「您是姥爹嗎？」可是喉嚨裡卻發不出聲。

那個人在墓碑前面站住，踮起腳來朝正前方眺望。我連忙順著他看的方向看去。遠處也是白色的霧，如同仙境，又如同地獄。

遠處的煙霧之中隱約有一間房子。我揣摩著那間房子裡住著什麼人。突然，我的耳邊響起土黃蜂飛翔時的「嗡嗡」聲。我的心裡打了一個激靈，那不是爺爺的房子嗎？它周圍的土房和樓房怎麼不見了？

在煙霧中，只有爺爺家的一間房子若隱若現。流動的煙霧如同流水一般撞在那所房子上，如同流水撞在岩石上濺起的浪花。

「那不是爺爺的房子嗎？」我急忙轉身對那個人嚷道。我的嘴巴動了，卻聽不見聲音。

我心中一慌。難道是我的耳朵聽不見了？我連忙用食指挖耳朵。不對呀，剛才的土黃蜂發出的聲音我還聽見了，怎麼會聽不見自己說的話呢？

我慌忙朝那個人喊道：「你聽不到我說話嗎？」可是無論我多麼努力，

嘴裡就是沒有發出任何可以聽見的聲音。我確信我說話的動作都做到了位。難道我的聲帶出了問題？

那個人抿了抿嘴，似乎我的存在就像周圍的白霧一樣吸引不了他的注意。他對著前方點了點頭，然後彎腰鑽進墓穴。

在他反過身來關墓碑的時候，我看見了他那雙古怪的眼睛。他的眼睛不是黑白分明的人的眼睛，而是兩顆算盤上的算珠！左邊眼眶裡的算珠還被咬壞了，裡面露出木頭的顏色和紋路！

我頓時打了個寒噤，醒了過來。

這不過是一個短短的夢，可是當我睜開眼的時候，卻發現太陽已經照到我的被子上來了。外面傳來「　　」捶衣服的聲音。我打了個哈欠，揉了揉眼睛，然後下床刷牙洗臉。

奶奶曾經告訴過我，如果晚上做了噩夢，第二天一早不要亂說；如果做的是好夢，但說無妨。可是我不知道我做的夢是好夢還是噩夢。因此在門口看到洗衣服的奶奶時，我一聲未吭。

在我打了水，將塗了牙膏的牙刷塞進嘴裡時，奶奶側了頭對我說：「你跟爺爺昨晚幹什麼去了？他昨晚一整晚沒有睡覺，還把姥爹留下的算盤撥得啪啪響，弄得我也沒有睡踏實。今天一大早他早飯不吃就出去了，去哪裡也不跟我說一聲。」

「爺爺這麼早就出去了？」我連忙將牙刷拖出來問道。嘴裡的牙膏泡泡噴了出來，在陽光下閃耀著絢爛的色彩。

15

我想起了爺爺昨晚關於預測天氣的話，大叫一聲：「不好！」

奶奶被我突然的驚叫嚇了一跳，放下手中濕淋淋的衣服問道：「你怎麼了？一大早的一驚一乍，你想嚇死奶奶呀？」

我連忙將口中的牙膏泡沫涮去，將牙膏和牙刷往奶奶身邊一放，緊張地說道：「完了完了。一目五先生有危險！我得馬上去文天村一趟。奶奶，妳幫我照看一下月季，別忘了澆點水。我去了文天村再回來吃飯。」

奶奶被我的話弄糊塗了：「你昨晚剛剛從文天村回來，怎麼一大早又要過去？」

我說：「爺爺昨晚根據南風猜測今天不會天晴的，可是您看，天上的太陽燦爛著呢！一目五先生是見不得陽光的，這下它們慘了！」

奶奶道：「你爺爺今天天才濛濛亮的時候就出去了，是不是也去了你說的那個地方？到底出了什麼事？」

我點頭道：「我想爺爺也是去了那裡，他都來不及告訴我一聲！奶奶，我先走了啊！回來再跟妳解釋。」說完，我急忙邁開步子沿著昨晚的路跑回去。

當我上氣不接下氣地趕到文歡在的地坪時，果然看到爺爺在那裡。文歡在和他的媳婦也正低頭在看爺爺昨晚畫的那個圓圈。文歡在坐在椅子上，兩條腿軟綿綿地晃蕩。不過圓圈上多一個東西——竹床。太陽發出的光芒剛好被竹床擋住，那個圓圈就落在竹床的陰影裡。

爺爺見我跑來，臉上露出了一個舒心的笑容。

「看來陰溝鬼不是我們想像的那樣簡單啊！」爺爺咬了咬下嘴唇道，「昨晚的南風就是它們弄出來的，害得我差點失信於一目五先生。」

文歡在和他媳婦微笑著點點頭，看來爺爺已經跟他們解釋了陰溝鬼的事情。

「你當時沒有發覺南風不正常，後來是怎麼發現的呢？」我問道。

爺爺笑道：「回家了再跟你說吧！」我知道爺爺不願意在別人面前講方術，便不再勉強。

文歡在卻好奇地問爺爺：「那您又是怎麼知道陰溝鬼的所在地，並把它們都制伏的呢？」

「啊」我驚呆了。原來爺爺一大早出門不僅僅救了一目五先生，還將陰溝鬼全制伏了！頓時我既恨自己不爭氣、貪睡，又恨爺爺不告訴我，不叫我一起去制伏陰溝鬼。我氣得直瞪爺爺。不過我的心中還有一個疑問：爺爺正在反噬作用期間，怎麼能制伏那麼多的陰溝鬼呢？好在文歡在已經將這個問題問出了口，我便緊閉了嘴等爺爺回答。

爺爺露出一個狡黠的笑，打趣道：「是我父親告訴我的。他不但告訴了我如何制伏陰溝鬼，還告訴我這些陰溝鬼都藏在了什麼地方。」說完，爺爺指了指腳下的漁網漏斗。

爺爺不說我還沒有注意到竹床腳下有一個漁網漏斗。漁網漏斗由一個彎成半圓形的竹片和漁網做成。我小時候喜歡用這樣的漁網漏斗去河裡捕魚捉蝦。

可是爺爺這個漁網漏斗裡捕捉的不是魚也不是蝦，而是一些類似水草，卻比水草葉要大要厚得多的古怪東西。在陽光的照耀下，那些「水草葉」怕痛似的蜷縮在一起，如一個個剛剛出爐的蛋捲，還冒著陣陣熱氣。

「這些……就是陰溝鬼？」我有些語無倫次地問道。

文歡在得意地說：「那你說什麼樣的才是陰溝鬼？」

爺爺呵呵一笑。

文歡在頗有幾分賣弄的神色，指著地上的古怪東西道：「它們和水田裡的螞蝗一樣，都是要寄生在人的身上才能生存。當害不到其他人的時候，它們就會死亡。」

螞蝗我是知道的，南方的水田裡隨處可見這些既噁心又令人憎惡的吸血鬼。人們在水田裡插秧時，牠們能循著人的移動造成的水聲尋找到人的位置。然後在人們感覺不到的情況下，將牠們的吸盤一樣的軟嘴吸在人腿上，吸取人的血液。當牠們的肚子被人的血液撐得又圓又鼓的時候，便會鬆開吸盤一樣的軟嘴落回水田裡，等到肚子餓時再尋找新的血源。

讓人覺得可怕的是，這種動物是打不死也殺不死的。如果你用石頭將牠捶碎了，一旦牠遇到水，還是會恢復成原來的模樣；如果你將牠斬成了十多截，一旦牠遇到水，便會化解成為十多條螞蝗。

我在水田裡幫爺爺插秧的時候最怕的就是遇到螞蝗。

爺爺每次捉到螞蝗後，就會順手從田埂上折一根草稈，用草桿的端頭抵住螞蝗的吸盤軟嘴，像洗豬腸一樣將螞蝗翻過來，然後放在田埂上讓太陽曬。爺爺說，只有用這種辦法才能徹底使螞蝗不再復活。

「陰溝鬼吸的是人的精氣，螞蝗吸的是人的血氣。螞蝗是不是也可以算是一種鬼呢？」文歡在揉捏著兩條軟腿，抬起頭問爺爺道。

我笑道：「你的想法還真是稀奇呢！螞蝗也可以算是鬼？我可是第一次聽人這麼說哦！」

文歡在辯解道：「怎麼不可以呢？人也有被叫成鬼的呀！做事急又不經過大腦的叫冒失鬼；鐵公雞一樣一毛不拔的叫做小氣鬼；膽小如鼠的可以叫膽

小鬼。我看螞蝗也可以叫做一種吸血鬼。」

爺爺提起漁網漏斗，看了看裡面蜷縮的陰溝鬼，道：「人所歸為鬼，從人，象鬼頭，鬼陰賊害，從厶。《說文解字》上是這麼解釋鬼的。鬼跟人畢竟不是一類。把人叫做鬼，大多是貶稱而已。」

湖南同學端起身邊的水杯，小啜了一口。這表示今晚的故事告一段落了。

「今晚這個故事跟我們現實中的傳銷組織好像啊！」一個同學感嘆道，他曾被人騙到傳銷組織去過，後來跑出來了。「傳銷裡面就是一個人拉一個人，並且個個幻想著空手套白狼，不勞而獲。」

湖南同學笑笑，不置可否。

竹葉青

16

零時零分。

「小時候都用過算盤吧？」湖南同學笑道。

我們紛紛點頭。小學時候算盤課是數學科的一部分，上過學的幾乎都擺弄過。

「關於算盤的來歷，最早可以追溯到西元前六百年，據說中國當時就有了『算板』。古人把十個算珠串成一組，一組組排列好，放入框內，然後迅速撥動算珠進行計算。算盤究竟是何人發明的，現在無法考察。今天的故事有一些關於算盤的內容……」

文歡在的媳婦嘲笑道：「自己的腿都被一目五先生弄癱了，還厚著臉皮在關公面前耍大刀！」

文歡在尷尬地笑了笑，問爺爺：「那麼剩下的一目五先生怎麼辦？」

我問道：「一目五先生將你的腿弄成這樣了，你不恨它們嗎？」

文歡在嘆了口氣，滿臉愁容道：「都已經成這樣了，我還能怎樣呢？就算我把它們置於死地，也不能讓我的腿復原了。何況……一目五先生也是沒有辦法。」他轉頭向爺爺道：「馬師傅，您儘早幫助一目五先生投胎轉世，別讓它們再害人了。」他一臉的虔誠讓我感動，沒想到這樣一個人也有著豁達的胸懷。

爺爺看了看竹床陰影下的圓圈，舔了舔乾燥的嘴唇道：「一目五先生恐怕是不能投胎做人了。」

文歡在和我異口同聲地問道：「為什麼？」

爺爺終於說漏了嘴：「算盤算的。」

文歡在驚問道：「算盤算的？那是什麼算盤啊？」

爺爺會心地看了我一眼，我們共同保持緘默。
文歡在知道問不出所以然來，也不在意，盛情不減地邀請我跟爺爺進屋喝茶。
爺爺擺擺手道：「喝茶就不用了，我老伴在家等我和外孫回去吃早飯呢。漏斗先放你這裡了，等這些害人之物曬乾了，你再還給我。麻煩你媳婦在地坪裡照看兩天，別讓村裡其他小孩亂碰這些不乾淨的東西。竹床今天晚上就可以收進屋。還有，那盆月季還放在你家裡，幫我拿出來。」
我一聽月季在這裡，心頭一驚。來這裡之前我還叫奶奶幫忙照看呢，沒想到被爺爺帶出來了。
文歡在媳婦進屋，果然捧出我的月季來。
告別文歡在和他的媳婦之後，在回來的路上，爺爺告訴我說，他昨晚找到姥爹留下的算盤之後，一個人在我的房間裡計算了整整一個晚上。也許是因為之前見了一目五先生，也許是因為算盤的惡氣，爺爺看見我在床上翻來覆去，便用手摸了摸我的臉。

難怪我在迷迷糊糊的狀態中聽到劈哩啪啦的算珠碰撞聲。

爺爺用姥爹留下的算盤不僅算到了陰溝鬼躲藏的地方，還算到了一目五先生將有劫難。爺爺順著劫難的提示算下去，終於得知那晚根本沒有所謂的南風。

於是，爺爺沒來得及叫醒我便走了。

他走的時候順手拿走了家裡的漁網漏斗和我的月季。

爺爺說，既然一目五先生在文天村出現，那麼陰溝鬼暫時躲藏的地方自然離文天村不會太遠。他根據算盤的提示，沒有費多少周折就找到了那條臭水溝。那條臭水溝的源頭是一個新建不久的釩礦廠，釩礦廠將工業污水從這條臭水溝裡排出。

後來，文撒子告訴我們說，他當初並不知道女鬼勾引他有什麼陰謀，但是他曾在釩礦廠打過一段時間的工，熟悉釩渣的氣味。文撒子知道釩渣是有毒的污染物，人喝了輕則得病，重則喪命。所以他藉口說一定要喝酒，並且在跟女鬼一番翻雲覆雨之後，仍然面不改色心不跳地脫身而出。

如果是爺爺一個人去，也許陰溝鬼們根本不害怕，但是帶著我的月季的話，情況就不一樣了。爺爺帶著月季的靈感來自於獨眼，因為獨眼說過，當它生前的親人來到小茅草屋裡尋找屍體的時候，陰溝鬼們害怕得紛紛跳進茅草屋後的陰溝裡。如果是爺爺加上月季，陰溝鬼們會比遇到獨眼的親人還要害怕十倍。

當爺爺捧著月季來到釩礦廠的排水溝之前，陰溝鬼早就急急忙忙跳入了水溝裡。而爺爺所要做的，不過是用漁網漏斗將變化為水草模樣的陰溝鬼們一一打撈起來，然後放在太陽底下曝曬。

我半信半疑地問道：「陰溝鬼們能將一目五先生控制住，怎麼會這麼弱呢？」

爺爺笑道：「控制不是靠力量的大小，一目五先生之所以被陰溝鬼控制，是因為一目五先生的心被它們控制了。人也是這樣，任你有再大的能力，但你的心被人控制的時候，你也只能任由耍心術的人操控把玩。」

我問道：「它們不是要跳出輪迴嗎？難道沒有一個陰溝鬼跳出輪迴？」

爺爺笑道：「如果螞蝗說牠們要跳出水田，從此不再依靠吸人血生存，你會相信嗎？」

我當然不會相信螞蝗能跳出水田，更不會相信螞蝗能不依靠吸血而生存下來。

我們一邊走一邊說話，全然沒有注意到後面緊緊跟著一個面容俊秀的男青年。如果後面跟著的是悄無聲息的影子，也許會引起我和爺爺的注意，可是後面如果傳來的是腳步聲的話，我們一般不會太留意。因為這時已經是早晨八點多了，扛著鋤頭去田裡幹活的，提著木桶出來洗衣的，揮舞著長鞭出來放牛的人都在鄉村的小路上各自忙碌。一兩個人同路而行，那是再自然不過的了。

我問爺爺道：「你既然找到了算盤，怎麼沒有算一算《百術驅》現在在哪裡呢？」

爺爺解釋道：「我的道行不及你姥爹的一半，如果是他，肯定能算出來；但是我不能，我必須依靠時間來算。」

我知道爺爺的意思，比如人家的雞、鴨不見了，要給爺爺提供丟失的時間才行，而爺爺找到陰溝鬼的所在地，自然也是依靠一目五先生提供的獨眼出事的時間或者文歡在被吸氣的時間。但是我不知道《百術驅》被偷的具體時間，所以爺爺無從算起。

我又想起了那個夢。難道那個夢的意思就是姥爹是靠算珠來看世界的？他踮起腳來看爺爺的房子，難道是因為他知道了老房子要被拆的命運？姥爹也對這間老房子依依不捨嗎？

剛剛翻過文天村和畫眉村之間的山，我就看見奶奶遠遠地站在家門口朝這邊眺望。我忙舉起手朝奶奶揮動。

這時，一個娘娘腔的聲音在我身後響起：「你們就是馬師傅和他的外孫嗎？」

17

還沒等我和爺爺回過身來看看背後的是什麼人，那個娘娘腔又大驚小怪地嚷嚷道：「您手裡抱著的可是剋孢鬼？」

我轉過身，看見一個面容俊秀得像女人的男人，他的手指也纖細得如同習慣了拿針捏線，食指微微蹺起，指著爺爺手裡的月季。

之所以我能看出他是男人，是因為他的嘴唇上面冒出了幾根鬍子碴，像秋後收割過的稻稈。而他的喉結也比一般人要明顯很多，讓人多餘地擔心那個喉結會捅破皮膚露出來。

「你是……」爺爺看了那人半天，也想不起他的名字。

我也不認識他，既然他把我們叫做「馬師傅和他的外孫」，說明他只認識爺爺，不知道我的名字。對於這種被忽略的感覺，我早已習慣了。直到現在我回了家，村子裡人都會說：「你看，那是童某某的兒子。」在畫眉村則聽見類似的聲音：「你看，那是馬某某的外孫。」熟悉一點的人則多說一點：「他小時候待在這裡的時間比待在家裡的時間還多，上大學後就一年只來一次了。」

那個娘娘腔男人以為爺爺最後會說出他的名字來，可是爺爺晃了晃手道：「我好像不認識你啊？」

那人並不在意，熱情地自我介紹道：「我是那個養蛇人的兒子，您不認識我，但是您一定認識我父親！」

爺爺哈哈一笑，將月季交給我，伸出手來要跟那人握：「原來你是張蛇人的兒子呀！你父親我認識，方圓百里最有名的養蛇人嘛！我還看過你父親吹口哨逗蛇玩呢！哎呀，你家裡不是離這裡很遠嗎？怎麼一大早就跑到這裡來了？拜訪親戚，還是辦事啊？」

那人誠惶誠恐地伸出手跟爺爺握住，很不自然地彎了彎腰，恭敬得有些誇張。他笑得比較尷尬，用另一隻手摸了摸鼻子道：「是啊，我父親原來喜歡耍蛇，還出去表演過蛇藝。很多人都認識他。」

爺爺握他的手停住了，問道：「你父親現在不養蛇了嗎？那真是可惜了！以前誰被蛇咬了，只要找你父親就沒事了，多厲害的蛇毒都能解。我還以為他會把手藝傳給你呢。」末了爺爺喃喃自語道：「他怎麼就不養蛇了呢？」

那人臉上的笑容更加僵硬了，他抿了抿嘴，然後說道：「馬師傅，我父親現在販蛇，所以不養了。他說養了的賣出去心疼，還不如到山上去捉了蛇再賣。這樣一來，成本也低，野蛇的賣價也要高很多。」

爺爺的嘴角抽動了一下，鬆開手來摸了摸下巴，側頭問我：「我還有菸嗎？」

我皺眉道：「你一大早就出來了，我哪裡知道你還有沒有菸？」

那人慌忙在自己褲兜裡摸索了半天，掏出一根香菸來，又從另一個衣兜裡掏出打火機，然後將菸遞給爺爺，順手將打火機打燃。動作連貫，但是不夠熟練。那人笑道：「我自己是不吸菸的，但是身上總帶幾根散菸。遇了熟人總要敬菸或者接菸嘛！」

爺爺將菸頭放在打火機的火苗上，深深地吸了一口，然後道：「謝謝。」

那人顯得手足無措，彷彿一個沒有零錢的小姑娘想要小賣部①裡的糖果一般。他嘴巴張開了好幾次又閉上，最後終於說出話來：「不用謝。其實，我不是去拜訪親戚，也不是去辦事，而是來找您的。」

「找我？」爺爺瞇了眼問道。

那人認真地點了點頭。

「找我有什麼事？」爺爺問道。

我見奶奶還站在門口朝我們這邊望，便勸爺爺道：「到屋裡了再說吧！

奶奶站在門口等了好久了。」

那人彷彿怕得罪我似的，連忙說道：「是啊是啊，我們到屋裡了再說吧！」

就這樣，我們三人一起踏著被夜露打濕的小道向前走。

爺爺彈了彈菸灰，忍不住問道：「是不是你父親出了什麼問題？是他叫你來找我的嗎？」

那人搖頭道：「不是的。是我自己要來的。我聽父親講過很多關於您的事情，所以來找您幫幫忙。」

爺爺問道：「那麼，我又能幫你什麼忙呢？該不會是蛇的問題吧？如果是關於這方面的，你還不如求你父親幫忙。」

我心想，難道是他與養蛇的父親產生了什麼矛盾，叫爺爺來化解一下嗎？

1. 小賣部：相當於便利店。

如果是靈異方面的問題，那麼他父親自己來不是更好嗎？為什麼讓爺爺不認識的兒子來呢？如果不是靈異方面的問題，那麼會是什麼問題？總不會是蛇的問題吧？

我剛這麼想，那人立即說出一句讓我和爺爺都驚異的話來：「對，就是蛇的問題。我來請您幫幫忙！」

爺爺手裡的過濾嘴剛要塞到嘴裡，卻又停住了。「那你來找我就找錯啦！你放著精通蛇藝的父親不找，為什麼偏偏來找我呢？」

這時，我們已經走到了爺爺家門前的地坪裡，奶奶迎著我們走了過來。那人連忙向奶奶打招呼：「您老人家身體可健旺？」

奶奶愣了一下，但是立即認出他來：「健旺得很呢！呵呵，你可是張蛇人的兒子張九？」

那人笑起來，聲音如黃鸝一般悅耳。這種聲音雖然好聽，但是從一個男人的口中發出，未免讓人渾身不舒服。他朝奶奶點頭，為老人家還記得自己感到高興。

奶奶驚訝道：「哎喲，張九都長這麼大啦！你父親來這裡耍蛇的時候，你還沒有我家的飯桌高呢！夾菜都要站在椅子上！現在比我都高啦！」奶奶認人的眼光精準，誰家的小孩只要讓她細細看過，許多年後再突然出現在面前，她總能辨認出是誰家的孩子。但是，奶奶似乎從來意識不到孩子會隨著時光的流逝而長大，乍一見面免不了要大呼小叫說孩子長高長壯了。

「真是稀客呀！快進來坐！」奶奶連忙上前拉住他往屋裡拖，好像生怕他不進來。

在他進門的時候，我聽見一陣窸窸窣窣的聲音，彷彿一條蜿蜒的蛇爬進了門。

18

奶奶道：「張九啊，你這麼早就到了這裡，一定還沒有吃早飯吧？剛好我們也正準備吃飯，你就將就一下。」

張九客氣道：「我來之前已經吃過飯了。你們先吃吧！吃完了我再跟馬師傅說說話。」

爺爺將他拖至桌前，笑道：「你就別客氣了，你從家走到這裡少說也要兩個鐘頭，哪裡會那麼早就吃飯呢？你父親跟我關係很好，你是知道的，就別推三阻四了。」

雖說我也是不習慣在陌生人家裡吃飯的人，但是主人這樣說了，我就算真吃了也要假裝沒吃，坐到桌前動動筷子。但是，這個張九實在是太含蓄了。他居然從桌邊走開，在靠牆的一張椅子坐下，拱著手求饒似的說：「我真的吃過了。你們先吃吧！」

奶奶無可奈何地揮揮手，道：「既然他這麼客氣，那我們先吃吧！」

張九聽奶奶這麼一說，居然羞紅了臉。他像個沒出過閨門的大小姐一樣，兩隻手揉捏著衣服的一角，嚅囁道：「我真的吃過飯啦！我一直起得很早，因為收集的露水不能讓太陽曬到。我一般是吃了早飯收了露水，然後再回來睡覺的。」

奶奶一邊給我盛飯一邊問道：「收集露水做什麼呀？你不會是學道士煉丹吧？以前我只聽說帝王人家使喚丫頭收集露水泡了茶喝的，難道你喝茶也這麼講究？」

張九搖頭道：「我……我不是用它來喝茶的。」

「那做什麼？」奶奶完全沒有注意到張九的表情，不知道他努力掩飾著什麼。

幸虧爺爺發覺了張九的不自在，連忙攔住奶奶的話道：「人家這麼做肯定是有用的嘛，說不定跟養蛇有關，妳又不懂，刨根問底幹什麼？」

奶奶這才發現張九的窘態，哈哈一笑了事。

我們吃完飯，奶奶將桌上的碗筷收拾乾淨，泡上四杯茶，一人遞上一杯，圍著桌子喝起茶來。

茶水喝了一半，張九仍舊不發問，兩隻眼睛有些失神地看著手中的茶杯。

爺爺菸癮犯了，掏出一根香菸夾在鼻子上嗅。我代替爺爺問道：「在路上時你不是說找我爺爺有事嗎？現在可以說了。」

他像個小學生似的用目光詢問爺爺。爺爺點點頭，又扶了扶鼻子上的香菸。我實在是覺得這個男人沒有一點陽剛之氣，相貌長得這麼俊秀也就罷了，說話娘娘腔也算了，但是一舉一動都扭扭捏捏讓人難受。如果他是一個女性，那麼一切剛剛好。造物主好像故意跟他開了個玩笑，剛好把這個人的性別給弄反了。

到了這個時候，他還多餘地問了一句：「那麼……那麼我就開始說囉？」

爺爺將香菸放在桌子上，點頭道：「你說吧！不用這麼拘謹。」

張九用巴掌抹了抹嘴角，好像那裡有一顆剩餘的飯粒似的，然後道：「我想請您去幫忙說說我父親，叫他不要把新捉到的一條青蛇賣了。」

爺爺皺了一下眉頭，問道：「你父親販蛇是什麼時候的事情了？最近才開始嗎？」

張九道：「已經三、四年啦，販賣的蛇少說也有五、六百條了，但具體數目我也記不清。前兩天他在家門口捉了一條青色的蛇，後天收蛇的販子就會到我家來。」他一邊說話一邊捏著纖細嬌嫩的手指。

爺爺道：「意思就是說，你要我在販子來之前跟你父親說一說，叫他不要賣了那條青蛇？」

張九抿嘴點點頭。

爺爺看了一會兒桌上的香菸，問道：「你父親販賣了那麼多的蛇，你都沒有管，為什麼偏偏不想讓他賣了在門口捉到的這條青蛇呢？」

張九低頭捏手指不說話。我見他從大拇指捏到小指，然後換手又從大拇指捏到小指，如此循環反覆。

「如果你不說出一個理由的話，那麼我也不好勸你父親啊！」爺爺也盯住他的手指。

張九捏手指的動作突然停住了。

「您不肯幫忙？」捏手指的動作是停止了，但是手指忽然微微地彈了起來，彷彿看見了什麼恐怖的事情。我也在心裡納悶：他的養蛇人父親捉了那麼多的蛇，他一條也不救，為什麼偏偏要救前天捉到的青蛇呢？難道那條青蛇有什麼特別？或者，他預感到他父親如果得罪了那條青蛇會遭到報應？

爺爺拿起菸在桌上輕輕地磕了兩下，將紙卷裡的菸葉磕得更加緊實。

張九的手忽然如緊壓的彈簧彈了開來，一把抓住爺爺握菸的手，緊張萬分道：「馬師傅，您一定要幫我啊！無論如何，您一定要幫我勸勸父親，叫他別賣了那條蛇！那個蛇販子會把蛇剝開來，把蛇肉賣給餐館，把蛇膽拿去入藥，把蛇皮裝到二胡上！」

我和爺爺被他弄得面面相覷。

每條被販賣的蛇都不外乎蛇肉送到食客的碗裡，蛇膽送到病人的藥裡，蛇皮裝在藝人的二胡上。他的父親既然是養過蛇又販過蛇的人，他也應該早就知道蛇的用處了，為什麼還這麼緊張呢？

張九抓住爺爺的手拼命搖。爺爺手裡的香菸被捏得粉碎，細碎枯黃的菸葉在桌上撒開，如秋後的落葉。

爺爺道：「我不是不肯幫忙，但是你總得說說原因吧？就算我現在答應你，但是沒有理由說服你父親的話，我答應了也是白答應啊！張九，你別著急，說清楚為什麼非要救下這條蛇，我才好勸服你父親。」

張九猛地縮回了手，神經兮兮地自言自語道：「不，不，不，如果我說清楚了，我父親更加不會答應……」

19

「你父親不是不講道理的人，他會答應的。」爺爺勸道。

他抬起頭來看看我，又看看爺爺，眼睛有些潮紅：「不！如果我父親知道了我為什麼要救那條蛇，他會毫不猶豫地殺死牠的！」

爺爺一愣，問道：「到底是怎麼回事？」

張九猶豫了半天，終於吞吞吐吐說出一句話來：「因為……因為我愛上了那條竹葉青蛇。牠那天傍晚在門口被我父親捉住，是因為我們約好了那時候見面的。」

「你，你喜歡上了一條竹葉青蛇？」我在旁忍不住插嘴道，「你……怎麼不喜歡上一個姑娘，偏偏喜歡上了蛇呢？」

「這就說來話長了。」張九又開始捏手指了。

在四年以前，張九不是這樣的娘娘腔，也不是這樣的皮膚嬌嫩。他跟著父親學養蛇，因為不小心，被一條家蛇咬到。當時張九口吐黑血，兩眼翻白。恰好他的父親出去了，他的母親又不懂醫治蛇毒，胡亂地抓了一把蛇藥給張九吃下。

不知是因為那蛇的毒性不夠大，還是蛇藥碰巧起了點作用，張九居然留下了一條命。

待他的父親回來，看了看他的舌苔，翻了翻他的眼皮，沒有發現什麼異常，便以為事情就這樣過去了。

可是過了幾天，張九感覺渾身癢得難受。他拼命地撓，可是越撓越癢，直到將皮膚撓得出血了，癢還是沒有止住。嗓子也開始有些嘶啞，像感冒了似的。

張九的父親在澡盆裡加了許多草藥，要他天天洗一遍。癢是消了一些，但是還是不能完全消失。說話的時候聲音漸漸發生改變，一開始是像被人捏住了脖子似的，聲調很高，聲音很低，彷彿唱海豚音的女歌手。後來，聲音變得又尖又細，他的母親聽到他說話總要咬牙齜牙，雙手拚命地護住耳朵。最後就變成了現在的娘娘腔。

他的父親也手足無措了，到處求醫，但沒有一個醫生能治好他的癢和聲音。

在吃藥和治療的過程中，張九的皮膚發生了變化，角質增加了許多，白白的一層鋪在身上如冬天在雪地裡打了一個滾。

到了蛇換皮的季節，他居然也像蛇一樣蛻下一層皮來。張九說，蛇的眼部的菱膜染上乳白色，眼睛變白或變藍，尾部皮膚的顏色也隨之變淺，就表示蛇即將要蛻皮。而他蛻皮的時候感到眼睛脹痛，對著鏡子一照，他的瞳孔居然也透出淺淺的藍光來。

蛇蛻皮期間喜歡喝水。而他蛻皮的期間也一大碗接一大碗地喝水。一大缸水他幾天就喝完了。

雖然身上有厚厚的一層角質，但是手和腳，還有臉上、脖子上的皮膚卻比以前要細嫩白皙得多。他細心的母親還發現他的臉在變化，變得比以前要尖，比以前要窄。

他不知道自己患得了什麼怪病，但是從種種現象來看，他的病和蛇有著最直接的關係。

他的父親把所有的怨氣都怪罪在蛇的身上。一怒之下，決定從此不再養蛇。他將悉心養過的蛇都賣給了來村裡收蛇的販子，讓販子將蛇送到餐館，送到中藥舖，送到二胡店。他的父親以前不吸菸也不喝酒，但是從那之後，他的父親開始沉悶地吸菸，開始酗酒。

在一次癢得非常厲害，撓得渾身是血的時候，張九搶過了父親手中的酒，一飲而盡。

張九跟他父親一樣，不好菸不好酒，忽然一杯喝盡，頓時腳步踉蹌，暈頭轉向。因為麻痺了神經，之前的癢的感覺終於完全消失了。

於是，張九也開始酗酒了，並且一喝就爛醉如泥。

又一次到了蛻皮的時候，張九奇癢難耐，將家裡的酒喝了個精光，然後像稀泥一樣癱倒在床。他不知睡了多久，忽然感覺身上有些涼。下意識裡，他拉了拉身邊的被子。可是涼意並沒有減少分毫。

當時張九迷迷糊糊，似乎聽到蛇吐信子的咻咻聲，但是他以為是幻聽，就沒有在意。

第二天起床，張九看見父親站在他的床前，雙眉緊蹙。他以為父親要責怪他喝完了家裡的酒，沒想到他的父親蹲下身來，用手指觸了觸地面的一道濕痕，說道：「昨晚有蛇進了我們的家，到了你的床邊。從留下的痕跡來看，那條蛇應該是有毒的竹葉青蛇。」

張九撓了撓後背，癢的感覺沒有往常那麼劇烈了。「蛇？」他眯著有些腫脹的眼皮問道。

他的父親點頭道：「是的。我養蛇的時候除了有大黃蛇爬到房頂上吃老鼠，還沒有見過其他蛇主動爬到我家裡來的，居然還是條有毒的竹葉青！」

「竹葉青？」張九還有些恍惚，但是他熟知竹葉青蛇。

竹葉青蛇又名青竹蛇、焦尾巴。通身綠色，腹面稍淺或呈草黃色。多於陰雨天活動，在傍晚和夜間最為活躍。竹葉青的毒性一般來說不會致命，但是處理不當的話也可能奪人性命。竹葉青與一般蛇還有一個不同的地方，一般的蛇是生下蛇蛋，然後小蛇從蛇蛋中破殼而出。竹葉青屬於卵胎生蛇類，會從泄殖孔生出小蛇來。

張九的父親咬牙道：「看來蛇還是有靈性的。以前養牠們的時候不知道報恩，反而咬壞我的兒子。現在我賣蛇了，牠們倒要到我這裡報仇來了！」

「報仇？」張九忽然想起了昨晚的蛇信子的咻咻聲。他忙低下頭來檢查身上，看是不是哪裡留下了咬痕。如果被竹葉青咬到，傷口局部會劇烈灼痛，腫脹發展迅速，其典型特徵為血性水泡較多見，並且出現較早。

可是張九既沒有找到咬痕，也沒有感覺到灼痛。

20

張九的父親瞟了他一眼，道：「不用找傷口了。如果被竹葉青咬到而現在才發現的話，你早就沒有命了。」

張九納悶了，如果不是來報仇咬他的，那麼竹葉青來這裡幹什麼？

當天晚上，張九多了一個心眼。他按正常睡覺的時間睡下，眼睛雖閉著，但耳朵卻竊竊地聽著外面的聲響。他想，如果那條竹葉青再來這裡，他會毫不猶豫地捉住牠。雖然那條蛇不曾咬到他，但是睡覺的時候總有一條蛇在耳邊吐信子，終歸不是一件讓人舒服的事情。

可是沒過多久，張九身上就癢了起來，根本就裝不出睡覺的樣子來。他越撓越癢，越癢越要撓，苦不堪言。

張九想，這個計畫是進行不下去了，竹葉青肯定不會來了。父親的酒被他昨一天晚上喝盡了，今天還沒有去打酒，所以連麻痺神經的酒也沒得喝。張九煩躁不安地渾身撓癢。不過，他能夠感覺到，身上癢的感覺似乎沒有上次發作時那麼劇烈了。他不知道身上的病毒是在減輕，還是別的原因促使癢的感覺減弱。

正在他一邊遐想一邊撓癢的時候，外面響起了輕輕的敲門聲。聲音很輕微，似乎怕屋裡的人聽見，又想讓屋裡的某個人聽見，恰似陷入愛河的青年男女深夜約好了怯怯地敲對方的門。

張九愣了一下。這麼晚了，難道是有人來求父親辦事？他側耳聽父親房裡的聲音，沒有任何聲響，只有輕微的鼾聲。顯然父親和母親都沒有聽到敲門聲。

於是，他忍住癢，下床趿上鞋，吧嗒吧嗒地走到大門後，將門閂輕輕拉開。

「誰呀？」張九一邊撓著脖子上的癢處一邊問道。門前沒有任何人。

他將頭探出來，左顧右盼。

左邊的角落裡走出一個人來，怯怯道：「是我。」那聲音柔和得如一團棉花，鑽進張九的耳朵裡，無比舒服。

那個晚上月光不甚明亮，並且那人是背對月光，張九看不太清楚來人的模樣，只覺得身形纖細，是一個女人的模樣。夜裡輕微掠過的涼風，偶爾吹過張九的臉龐，讓他感到一絲一絲來自山林深處的涼意。

張九瞇起眼睛看了看，問道：「妳是誰呀？我好像不認識妳。」

女人道：「你不認識我，但你父親認識我。」

張九點頭，問道：「那麼，妳是來找我父親有什麼事吧？我這就去叫他。」

女人一聽，急忙制止道：「不要不要！」

張九回過頭來，疑惑地問道：「妳不找我父親，那妳來做什麼呢？是不是敲錯門了？」

女人將頭探進門裡，瞟了一眼張九父親的房間。顯然她知道張九家裡的格局。女人在探進頭的時候，臉湊近了張九。張九這才看清了她的面容和衣著。

女人的臉尖細如瓜子，皮膚白皙，杏眼柳眉，是一張絕美的臉。她穿著一身綠色連身裙，奇怪的是腰帶是草黃色，裙邊上是不怎麼搭配的焦紅色，彷彿這件連身裙放在火邊烘烤的時候火苗燎著了裙邊。但是連身裙裡面的身體卻玲瓏誘人，凹凸有致。

張九看得雙眼發直，嚥了嚥口水。

「你父親睡著了吧？」女人小聲問道，尤其提到「父親」兩字，更是小心翼翼，聲音微顫。

張九順著女人手指的方向，看了看父親的房間，彷彿女人才是這裡的主人，而張九要依靠她的指點才清楚房間格局一般。他撓了撓後背，道：「是的。他已經睡著了。」

女人道：「那我們就不要打擾他休息了。我要找的人是你，不是你父親。」說完，女人就提腳跨進門來。張九看見了女人的鞋子，那是一雙紅色的繡花鞋，現在很少人親手做繡花鞋穿了，當然除了很有錢的人家買這樣的鞋來穿。

張九連忙擋在門口，擰起眉毛道：「我還沒答應讓妳進來呢！妳說是來找我的，可是我怎麼不記得在哪裡見過妳呢？」

女人在門口猶豫了半天，一副想說又說不出口的模樣。

張九解釋道：「我可不能隨便讓陌生人進來。妳至少說清楚妳找我有什麼事，如果我覺得可以才能讓妳進來。」張九兩手左右各握住一扇門，人擋在門中間。

女人抖了抖肩膀，做出一副怕冷的樣子。「你可以讓我先進去再說話嗎？外面陰冷陰冷的。行不行？」女人雙手摟住肩膀，跺了跺腳。她跺腳的動作很輕，張九知道她怕驚動了屋裡睡覺的人。

張九見她這樣央求，不好意思再拒絕。他鬆開了手，道：「進來吧！有什麼事情快快說。現在時候不早了，說完早些回去。」

女人見他終於答應讓她進去，歡喜雀躍地鑽進屋裡，直奔張九的房間。

張九返身關上大門，跟著女人走進自己的睡房。

待張九走進房間，女人已經在床邊坐下，兩隻欣喜的眼睛盯著張九直看。

張九問道：「妳怎麼知道我的房間在這邊？」

女人笑道：「我……來過這裡呀！」

「妳來過這裡？我怎麼不知道？」

女人眼珠滴溜溜轉了一圈，答道：「也許是我來了你沒有看到我，也許是你父親提到過但是你沒有在意。」

張九「哦」了一聲，問道：「那麼，妳這麼晚來找我有什麼事呢？」他見女人坐在床邊，自己不好意思再靠過去，便選了個正對女人的椅子坐下。

女人露出一個俏皮的表情，道：「我來不是找你幫忙，而是來幫助你的。」

21

「妳是來幫助我的？」張九瞪大了眼睛。他原以為這個女人深夜來訪是要找父親或自己來幫什麼忙，沒想到女人一開口就說是來幫助他的，並且是在這麼深的夜晚來幫助他。那麼，這個連名字都還不知道的女人要幫助自己什麼，要怎麼幫助自己呢？張九實在想不明白。

女人此時卻認真地說：「是的。我是來幫助你的。但是我有一個要求——不要讓你父親知道。可以嗎？」

張九不以為然道：「妳這個人怎麼這麼怪呢？我都不知道妳是來幫我什麼忙的，妳卻先提出不要讓我父親知道的奇怪條件。既然妳想幫我，姑且就認為妳能幫我什麼吧！那麼為什麼要瞞著我父親呢？」他一邊說一邊不忘撓癢。

他身上已經有好幾處被堅硬的指甲抓得通紅了。

「你的意思是，不需要我幫忙嗎？」女人挪動了一下身子，說道，「我看你一邊說話一邊撓癢，這滋味很不好受吧？」

張九尷尬地笑了笑，道：「妳這麼晚來到我這裡不會就是為了給我撓癢吧？」

他只不過是開個玩笑罷了，可是女人卻很認真地點了點頭，兩隻眼睛毫不閃避地看著他。

張九一驚，對望著女人。女人又一次點了點頭。

「妳，妳……」張九的喉結上下滾動，「妳不要跟我開玩笑。這個玩笑不好笑。」

女人盯著他，靜靜地聽他說完話，然後說道：「我知道你身上奇癢無比，四處求醫都沒有一點效果。還有，我還知道你的癢是因為曾經被蛇咬過。你的父親就是因為這件事情才不再養蛇，轉而賣蛇。是不是？」

張九的嘴巴張成了金魚吐泡泡的形狀：「妳是怎麼知道的？」

「我不是跟你說過嗎？我跟你父親很熟，他的事情我知道很多，所以我也知道了一些關於你的事情。」女人頓了頓，又說，「我相信那條咬你的蛇不是故意的，牠一定是誤解了你的意思才咬了你。如果牠知道身上的蛇毒會給你造成這麼大的痛苦，一定會非常後悔的。」女人說話的語氣非常誠懇，彷彿她要代替那條蛇給張九道歉。

張九嘴角拉出一個苦笑：「妳不是那條蛇，又怎麼會清楚牠想法呢？不過我知道，蛇一般是不主動攻擊人的。一定是我的動作不夠熟練，讓父親養的蛇誤以為我要傷害牠，才被咬了一口。」

女人高興地說：「你能這麼想最好了！」

張九攤開雙手道：「事情已經是這樣了，我還能怎麼想呢？」

「那麼，你就沒有想過完全治好這種癢病嗎？」女人問道。

張九「哼」了一聲，道：「連專門養蛇的父親都治不了我的癢病，其他人我就更加指望不上了。」

女人突然問道：「我記得你以前是不碰一滴酒的，現在卻經常喝得爛醉，是不是也是因為癢得沒辦法了？」

張九狐疑地看了看面前的嫵媚女人：「妳怎麼知道得這麼多？」

女人抬起嬌嫩的手在鼻子前揚了揚，道：「我能聞到酒味啊！所以……所以我就這麼猜囉！我……哪裡會這麼熟悉你的習性？」

張九道：「我今天沒有喝酒，妳從哪裡聞到的酒味？」

女人慌忙道：「我是昨天聞到的……」

「昨天？」張九按了按太陽穴，「妳昨天也來了我家嗎？我怎麼沒有看見妳？」

女人的臉上掠過一絲慌張。

張九喃喃自語道：「難道我喝得那麼醉，以致於誰來過我家都不記得了？」

女人連忙揮揮手道：「對呀！當時你已經爛醉如泥了，怎麼會知道我來呢？」說完，她輕輕噓了一口氣，臉上恢復了平靜。

「哦！」張九沉吟道，然後他抬起頭看了看窗外的夜色。影影綽綽的槐樹如鬼影一般印在窗上。在沒有夜生活的鄉村，這是一個寧靜得有些無聊的夜晚。但是這樣的夜晚也使得人們聯想豐富，一切曖昧的因素都產生於這樣的夜晚之中。

女人也看了看窗外，然後站起身來，走到張九面前，將那張玫瑰花瓣一樣紅而飽滿的嘴湊到他的耳邊，輕輕地、緩緩地說道：「張九，天色很晚了。我們開始吧……」

張九感覺到耳邊掠過一陣帶著溫度的風，愜意無比。而那棉花一般的聲音直往耳朵最深處鑽，令他的心也變得癢癢的，不撓一撓就會難受。

「妳……妳要做什麼？」張九畏畏縮縮地向後挪動身子。其實他的挪動是徒勞無功的，因為椅子已經靠在牆壁上了。他不是一個冷血的漢子，但是在這樣寂靜的夜晚，他生怕吵醒了隔壁的父母親。

「我幫你止癢啊！」女人一邊說一邊給他解上衣的鈕釦。

張九的兩隻手緊緊抓住的不是胸前的衣襟，而是椅子的靠背。他發現自己的身體有些僵硬，一塊塊肌肉此時變成了不可伸縮的石頭。

最上面的一顆鈕釦被女人解開了，露出的皮膚上有著一層雪一樣的角質。張九為自己醜陋的一面暴露在女人面前而感到羞愧難當。他尷尬地笑了笑，連笑聲也是那麼僵硬。之前他的閃避，也是因為怕女人看到他的皮膚。如果是在被蛇咬之前，他渾身的血液肯定早就像開水一樣沸騰起來了。

女人用手撫摸著張九胸前的角質，動作輕柔而帶著點點憐惜。當女人的指頭觸到張九的時候，張九打了個冷顫。

因為，女人的手實在是涼！

22

女人俯下頭來，長長的秀髮掃過張九的臉，清香而有些發癢。不過那種癢不是他中了蛇毒之後的癢，而是一種怯怯的帶著些許害怕的癢。女人的頭放在他的胸前，他低頭看了看女人的秀髮，不知道她要做什麼。他覺到胸口的某一處觸到了軟綿綿的濕漉漉的東西，那東西還如小蟲一般蠕動。他的神經繃得更加緊了，他感覺身上的肌肉已經達到了緊張的極限，下一刻就會像超過拉伸極限的橡皮筋一樣斷裂。

「妳……妳……」張九咕嚕一聲吞下一口唾沫，終於憋出兩個字來。

「做什麼？」女人從他胸前抬起頭來，舌頭舔了舔嘴角，像是剛剛用過餐一般。同時，張九胸口奇癢的感覺消失了，只有陣陣清涼透心，如擦了一層清涼油一般舒服。

張九心裡驚呼道，她，她，她……她竟然用舌頭舔我的胸口！

張九的心跳驟增，慌忙再往後一縮，身子緊緊貼住牆壁。椅子被他身體推倒，靠背撞在了牆上，一塊早已鬆軟的石灰從牆上剝落，掉在了地上。

椅子的撞擊驚醒了隔壁的父親。

「怎麼啦？」那個蒼勁有力而帶些睡意的聲音從隔壁響起。隨即是窣窣的掀被子聲和噠噠的腳步聲。

「快！我父親馬上過來了！」張九急忙伸出雙手往前一推，未料推力落空，自己打一個趔趄。咦？面前的女人早已不見了。掃視一周，房子裡也沒有看到女人的影子。他來不及多想，立即將椅子扶起來，慌亂地回到床上躺下，並迅速拉上被子蓋住胸口。胸口的涼意還在。

父親的腳步聲在門口停住，敲了敲門，問道：「張九，你在幹什麼呢？這麼晚了還不睡覺？」父親的話語裡明顯帶著幾分懷疑。

張九翻了個身，故意懶洋洋地答道：「我已經睡了，只是癢得難受，我撓了好一陣。」一說完，他伸手在胸口撓了撓，角質發出吱吱的摩擦聲。這種聲音在白天聽不到，但是在寂靜的晚上聽得尤為清晰。

他的父親沒有推開門，站在門前嘆息了一陣，勸道：「張九啊，做父親的對不住你，沒看好自己養的蛇，讓你受苦啦！」

張九聽了有些心酸，身上的癢又開始四處蔓延，他禁不住吸了一下鼻子，道：「父親，是我學藝不精。要怪都怪我平時不認真，不怪您呢。」

父親那邊半晌沒有說話，張九趴在床上聽了好久，竟然忘記了要去撓癢。他們父子倆就這樣隔著一扇門一站一臥。

末了，還是張九打破了沉默。

「我沒事。您回到屋裡去睡覺吧！明天還有事要做呢！」他將胳膊放在床沿上來回蹭刮，像水牛一樣撓癢。頃刻間，床沿上留下一圈白色皮屑，倒彷彿是將床沿給磨壞了。

他的父親道：「要是你實在癢得難受，就叫出來，不要憋著怕吵醒了我們。」張九不知道父親什麼時候變得這般婆婆媽媽了。他向來不是個多話的人。

張九回道：「我知道。您就回去睡覺吧！」

他的父親在門口徘徊了一陣子，這才噠噠地回到隔壁的睡房裡，接著就聽到父親唉聲嘆氣的聲音。張九忍住身上的癢，竊竊地聽見隔壁房間的聲音漸漸沒有了，才揭開被子站在屋中央，向各個角落裡搜尋。他的心裡隱隱有著一絲期許，期待著那張俊俏的臉重新出現在他的面前。

他一動也不動地在房中央站了許久，可是那個女人卻沒有如他所想的那樣從某個角落裡走出來，只有一隻土蟈蟈剛剛睡醒似的鳴叫起來……

張九失望地回到床邊坐下，望望窗外，月殘如鉤。他一時天真爛漫地想，老一輩人說月亮裡面有個吳剛在砍桂樹，桂樹被砍開了又癒合，癒合了又被砍開，不知道吳剛有沒有閒情回頭看看這邊，有沒有看見一個絕美的女人曾伏在他的胸口。

由於昨天晚上耽擱了睡眠，張九第二天接近中午才醒過來。當睜開眼睛準備起床的時候，他看見父親站在了床前。父親像是一直站在床前等兒子醒過來似的，一雙眼睛狐疑地上下打量張九，好像今天的張九跟昨天的有所不同，需要他細細打量一番才能確定床上躺著的是不是親生兒子。

張九坐了起來，懶懶地問道：「父親，您這是怎麼了？」

他的父親冷冷問道：「你昨晚有沒有看見一條蛇來過屋裡？你睡得那麼晚，應該能看到的。」

張九皺了皺眉，回答道：「沒有。即便有也不知道，我睡得晚，睡得比較死。」

他的父親依舊冷冷地問道：「張九，你是不是在偷偷養蛇？」

張九不耐煩道：「你不是專門養蛇的人嗎？我有沒有藏著蛇你還不清楚？要不是我技術差勁，我能被蛇咬到嗎？我做什麼是不能瞞過您眼睛的。」

「沒有最好！」父親的語氣立即軟了下來。

張九對父親的嘮叨很不滿，故意垮下一張臉。但是他的心裡很緊張，昨晚雖然沒有見到蛇，但是有一個女人來過房間裡，並且用舌頭舔過他的胸口！如果這件事讓父親知道的話，只怕會引起他的雷霆之怒。

父親退到門口，在拉上門之前，有意無意沉吟道：「昨晚肯定有蛇進了屋！」

張九當著父親表面上波瀾不驚，但是心裡一顫。莫非那個女人就是蛇變幻的？

她的手指，她的舌頭都是冰冷的，正常人應該有著三十多度的體溫。可是，如果她是蛇，那麼她為什麼要幫自己？難道她就是咬傷自己的那條毒蛇？

23

但那是不可能的。咬傷他的蛇早被父親交給蛇販子了。那條蛇不是早已成為食客的一碗鮮湯，就是成了二胡上面的蒙皮。

張九暗想，既然那蛇連續兩夜來了，那麼今天晚上肯定還會再來。

於是第三個夜晚，他繼續守株待兔。

月上樹梢，月中淡淡的影子隱約可見，像一棵茂盛如傘的大樹，也許那就是吳剛砍桂樹傳說的由來。風是比昨日要大得多，草木隨著風勢起伏不停，不遠處的山就像洶湧的波濤一樣。偶爾聽得一兩聲瓦片摔破的聲音，不知是誰家的屋頂許久沒有拾掇，魚鱗一般的瓦早已鬆動，此刻被風吹落。

屋裡倒是要安靜得多，關上窗，閉上門，任是再大的風也無可奈何。張九仰躺在床，兩隻眼睛發愣一般對著房頂，看著掛滿灰塵與蛛絲的房樑。他表面寧靜無比，內心卻狂躁難抑。外面的風倒是沒能颳下他家的瓦片，也沒能颳破他家的窗紙，但是掩蓋了從門前經過的行人腳步聲。這是他內心不能平靜的原因。

她會來嗎？今晚這麼大的風，也許她不會來了吧？不對不對，她應該還會來，前天和昨天都來了，今天一樣會來的。可是，可是她沒有說今晚一定會來呀？不過她也沒有說今晚不來呀？

幾個問號在張九的腦袋裡轉來轉去，轉得有些頭暈。張九坐起來又躺下，如此反覆，輾轉難眠。

這樣大的風也沒有什麼不好，至少隔壁的父親聽不到他房間裡的動靜了。這樣一想，張九的心裡不禁升起了一絲邪念。我這邊房裡的一切聲響父親都是聽不見的吧？

這個念頭剛產生，張九便罵了自己一句，千想萬想不該想那齷齪的事！身上的癢處猶如雨後春筍，漸漸出現。張九左撓右撓，加上等待的焦急，簡直如同煉獄一般。這次的癢與以往又有所不同，癢中似乎帶著一絲燥熱，手撓處雖然解了癢，但是制止不了那股燥熱勁。

張九耐不住這樣的怪癢，將背頂在牆壁上，上上下下地蹭動。這樣撓癢的範圍是增大了許多，可是也是杯水車薪。幸虧外面的風大，任他怎樣蹭牆也不會引起隔壁父母親的注意了。正當他在牆上蹭得不亦樂乎的時候，大門外隱約響起了敲門聲。

張九立即彈跳開來，急忙打開睡房的門直衝向堂屋，快速拉開門閂打開大門來。

門外空無一物，只有地上的樹影如魔鬼一般舞蹈著。月亮如天幕的一個漏洞。張九探出頭來左看右看，連隻晚上出來偷食的老鼠都沒有看到。也是，這樣的夜晚，老鼠都不敢出來，蛇哪裡會出來呢？

張九失望地關上門，返身回到自己的房間，呆坐了好一會兒。

睏意漸漸地襲上眼皮，重重地往下壓。雖然癢還如跳躍的沙粒一般打著各處皮膚，但是瞌睡蟲也開始侵蝕他的精神了。他忍不住打了一個長長的哈欠，打得眼睛都濕潤了。

他一邊撓癢一邊強撐著眼皮，可是漸漸睡意佔了上風，他依靠在疊起的被褥上打起了盹。

不知過了多久，在半醒半寐之間，他忽然感覺到一個軟綿綿的濕漉漉的東西在身上爬動。他哼了一聲，那種感覺立即消失了。

過了一會兒，那種感覺又重新出現。

張九微微睜開眼，看到了那張絕美的臉。「妳……來……了？」他迷迷糊糊問道。

她點點頭，露出一個溫馨的笑容。

在她沒有來之前，他急不可耐；此刻看到了她的臉，他反而懶洋洋地不願直起身來，彷彿一舉手一挪身都會驅散那種軟綿綿的濕漉漉的感覺，會讓眼前的女人如夢一樣消失。「昨晚妳怎麼不跟我說一聲就走了呢？」他連問話的聲音都是懶洋洋的，雖然問起，並沒有責怪的意思，甚至女人回答不回答他都無所謂。是的，他無所謂了，即使此刻父親的警告充斥在耳畔他都無所謂了。

「你父親來得太突然，我來不及跟你打招呼。」女人充滿歉意地說道。

張九點點頭，問：「我父親說這兩夜有竹葉青蛇來過，他說的是不是就是妳？」在等待她到來的時候，他還在想要怎麼向女人詢問，太直接的問法會不會不太合適，到了此時，前面所有的顧忌都不復存在了。

女人也毫不避諱，笑著點點頭。她的爽快倒是張九沒有料到的。

「難怪……」張九深深地看了女人一眼。他此時總算明白了為什麼女人穿著通身綠色的裙子，裙邊卻有火燎到了一般的焦紅色，攔腰勒著一根黃腰帶了。竹葉青蛇就是這樣，通身綠色如珠子一般，身側有一條紅線，而尾巴焦紅。所以竹葉青也叫焦尾巴。

「那條咬過我的蛇跟妳是什麼關係？妳是心甘情願給我治病，還是為了幫妳朋友？」問這話的時候，張九閉上了眼睛。

張九沒有得到女人的回答，卻聽見女人咯咯的笑聲。她笑得花枝亂顫、梨花帶雨。

「妳笑什麼？」張九睜開眼來，頗不滿意地看了一眼撲在懷裡的女人。有了昨晚的遭遇，他不再緊張到那種程度，卻多了幾分歡喜，多了幾分依戀。自從被毒蛇咬了之後，他總是將衣領和袖口攏得緊緊的，生怕別人窺見了他變異的皮膚。而這個絕美的女人不但不鄙夷，卻用最親密的方式幫他治療。

「你是不是喜歡上我了？」女人如不懂人間情愛的少女一般，說話毫無忌諱、直來直去，然後淡然一笑，道：「可是你知道的，我是蛇……」

24

張九以為外面的大風可以使隔壁的父親聽不到他房間裡的聲響。其實不然，父親養蛇多年，對偷偷潛入房間裡的蛇總會有自己的方法。

張九的父親熟知四種捕蛇方法。

第一個辦法是吊索法。春夏時節，水蛇和花蛇每每喜歡在池塘邊露出頭來透氣，張九的父親用一根竹竿繫上一條細繩子，繩子上套一個活結，將活結浮於水面之上，待蛇的頭部游入活結之中，手執竹竿，快速向上提起，活結會將蛇的頭部緊緊索住，蛇就成了囊中之物。這是最簡單的方法，也是最難的方法。因為使用這種方法需要捕蛇人有著極敏銳的眼光和極精準的手法。

第二個辦法是裝籠法。用竹片編成的籠子，放在蛇經常出沒和覓食的地方，並且在籠子裡放上蛇喜歡吃的食物為餌。這種籠子的設計非常講究，其中最玄妙的設計是在籠口處放一機關，就是用鋒利的竹片編成的倒刺口，順著爬進去容易，倒著爬出來就不可能。整個形狀看起來像打棒球用的球棒，只不過球棒內部被掏空了。因為用竹片做的倒刺鋒利無比，蛇想爬出一定會弄個遍體鱗傷。有此法寶，爬進去的蛇便成了甕中之鼈。當地還有許多人用這種竹籠子捕捉泥鰍和黃鱔。

第三個辦法是尋龍術。所謂尋龍術，其實就是尋找蛇洞。察看蛇洞很有一套：根據泥土上的蹤跡，用鋤頭慢慢地挖掘泥土，來一招直搗「黃龍洞」，找到熟睡中的蛇，用鑷子一鑷，將來不及反應的蛇放到蛇袋中去。這種辦法效率比較高，但是危險性要大得多。如果不懂治療蛇毒，一般人是萬萬不敢輕易嘗試的。

第四個辦法是煙燻術。首先弄來一些乾草，在蛇洞旁邊生火，用扇子把煙搧進蛇洞中去，同時察看蛇洞的四周，如果有洞口冒出煙來，就得設下埋伏，即在冒煙的洞口都裝上蛇籠，以捕捉出逃的蛇。

如果在那之前爺爺就知道竹葉青與張九的事，說不定會叫張九的父親將煙燻術改進為雞毛煙燻術。因為水族與蛇類都屬陰，而雞本南方積陽之象，性屬火，是至陽之物，所以至陰之類，觸至陽之氣，立即倒斃，這正是《陰符經》中說的「小大之制，在氣不在形」的意義所在。

假設不過是假設罷了，但是張九的父親沒有爺爺的指點，只弄些濕柴堆在火灶裡，等著蛇一進門便將濕柴點燃。其實在竹葉青進門之前，張九的父親就已經將竹編的籠子放置在門口了。女人進門的時候沒有看見，一腳將那竹編之物踩扁了。

在張九急不可耐地等待女人的時候，他的父親正在隔壁側耳傾聽。也許是風大的影響，他不曾聽得不同尋常的聲音。守了許久，他也經不住瞌睡的誘惑，眼皮沉重。張九的母親之前就反對丈夫養蛇，後來見怎麼勸都沒有效，倒不在意了。當聽聞丈夫說連續幾夜有蛇偷偷潛入房間的時候，她不以為然：「養蛇、賣蛇都不怕，一條蛇爬進屋裡就擔心成這樣啦？」所以在張九的父親將耳朵貼在牆上傾聽的時候，她則勸起了丈夫，叫他不要耽擱睡覺了。蛇該幹嘛就幹嘛，任牠自由來了自由去。

不做虧心事，不怕鬼敲門。張九的父親自從販賣蛇以來就沒有一天不擔心蛇會報復過。他早就料到有一天避免不了跟蛇鬥智鬥勇。養蛇的他深知蛇的靈性絲毫不遜色於狡猾的狐狸。如果是毒蛇的話，那危險程度甚至比狐狸還大。

從這兩次蛇留下的痕跡來看，顯然蛇是衝著他的兒子來的。而他的兒子本來耍蛇的技術就比自己差了一大截，所以由不得他不擔心。

他聽著外面嗚嗚的風聲，打了兩個盹，忽然聞到一絲若有若無的氣味。如果是別人，縱使鼻子再靈敏也不會對這種氣味有任何的警覺。可是對於養了多年的蛇的他，這種氣味足夠讓他如針刺了一般渾身一緊。

屋裡雖然沒有呼嘯的風，但是窗紙和門的密封性再好，也會受到風的影響。屋裡空氣對流的情況比沒有風的時候強多了。縱使有什麼濃烈的氣味也會被驅散淡去。那絲絲縷縷的氣味似乎也充滿了活力，想努力擺脫這個養蛇人的鼻息。

蛇來了。

張九的父親告訴自己道。

他悄悄起身，將腳步放輕，如做賊一般來到了堂屋裡。他的妻子鼻息淡定，根本不知道屋裡的變化。

他藉著微光摸索著走到大門口，將鼻子湊近門檻嗅了嗅，然後撿起那個被踩扁了的竹編籠子。

難道是張九半夜起來出過門？當時他絕不會想到是那個蛇幻化成的女人留下的印跡。但是門檻上留下的氣息告訴他，蛇已經越過這個竹編籠子進了屋。他不聲張，悄悄溜進廚房，將竹編籠子掛在吊鉤上，然後引燃一把乾燥的稻草，塞進火灶中，隨後將火灶裡的濕柴翻動，將濕柴壓在燃著的稻草上。立刻，濃煙從火灶口冒了出來。

養蛇人早將煙囪和窗口堵死，將廚房的門敞開，手拿一把蒲扇將濃煙往堂屋裡引。

當走到堂屋裡，自己的眼睛也被煙燻得淚水盈眶時，他忽然想起了一件重要的事情——這個時節剛好是蛇的發情期，這個時節也是蛇最具攻擊性的時期。他剛才聞到的氣味正是母蛇在發情期釋放的，周圍三十公里的公蛇都能聞到。而此時，這種氣味正從兒子的房間裡散發出來。

25

在張九的父親忙得不可開交的時候，張九自己卻對面前的絕美女人沒有任何敵意，反而產生了幾分好感。女人的舌頭所到之處，張九身上的癢頓時消失了。涼絲絲的感覺在全身蔓延開來，讓張九如墜水裡。

張九終於忍不住一陣破體而出的衝動，翻過身來將女人壓住，兩手開始粗暴地撕扯女人的衣服。

女人被張九突然的動作嚇了一跳，當張九的手撕扯她的衣服時，她忍不住撕心裂肺地叫了起來。「住手！我痛！」女人的表情扭曲了，鑽心裂肺的疼痛促使她不得不停下了舌頭的動作，兩彎柳眉擰在了一起。

張九呆了一下。

女人埋怨道：「這是我的皮，你這樣生硬拉扯，會使我很痛的。」女人一面說一面低頭自己輕輕解下綠裳。動作是那樣的輕柔，卻又是那樣的驚心動魄。女人的白皙肌膚暴露在張九的眼前，像剝開了荔枝一般，令張九的口中生津。

女人將她的綠衣服小心翼翼地放在旁邊，羞答答地抬起睫毛，怯怯地看了他一眼，像是害怕，又像是鼓勵。剎那間，張九彷彿看到女人的眼眸是石頭扔在平靜水面激起的漣漪，並且從這中心緩緩朝外蕩漾開來。而他自己則是這水面的一個失足掉下的昆蟲，不會游泳的他被這一波接一波的漣漪撲得幾乎窒息。

一陣窒息之後，從體內湧上的是不可抑制的激情。張九不顧一切地朝女人撲去……

外面的風似乎變得更大了，呼呼的似乎要掃清地面的所有；夜空的月亮似乎變得更加亮了，雪一般的月華從窗沿上滑落，一不小心跌落在兩個律動的身體上。

彷彿過了一個世紀，又彷彿只過了一瞬間，風終於靜了，月亮終於淡了。張九疲軟的身體從女人身上滑下來，長長地噓了一口氣。此時，渾身癢的感覺消失殆盡，他從來沒有感覺到過這般舒適。他抬起手摸了摸自己的胸口，那些往日像磨砂一般的角質，此刻變得又軟又脆。他側頭看了看枕邊的女人，她正怔怔地盯著自己，兩隻眼睛比當空的月亮還要清亮透徹，容不下這塵世間的一顆小小灰塵。

張九不由得會心一笑。

門外的養蛇人正將耳朵貼在兒子的房門上。他原以為會聽到蛇信子咻咻的聲音，未料等來的卻是兒子的笑聲。

養蛇人覺得有些異常，他的兒子渾身癢得難受，自從被蛇咬了之後，從沒有聽見他笑過。如果半夜醒來，他時常聽到兒子在隔壁輾轉反側，要嘛是嘆息，要嘛是沉默。

養蛇人迅速推開房門，一躍而入。

可是他沒有看見蜿蜒的蛇，更沒有看見猩紅的蛇信子。對面是他的兒子，兩隻清澈的眼睛盯著站在房中央的他。他滿懷狐疑地察看了一周，問道：「你沒有聽見蛇的聲音嗎？剛才我聞到牠發情時釋放的氣味了。」

兒子聽他說到那兩個字，臉上一紅，問道：「父親，你說什麼呢？」他的眼神怯怯的，如同一隻偷油的老鼠被逮住。

養蛇人見兒子的被子、枕頭凌亂，便走近來，伸手在被子上摸一摸，又用鼻子吸了吸氣味。他的兒子盯著他，似乎等待他先說些什麼出來。可是他能看出來，兒子已經做好了反駁一切的準備。

「是不是……是不是身上又癢了？」養蛇人的嘴唇蠕了許久，終於違心地憋出一句話來。說完，他伸出手摸了摸兒子的肩膀，他看見兒子的肩頭有一個淺淺的紅印，不過那不是蛇牙留下的印，而像是人的牙齒留下的。他不確定那就是人的牙印，因為據他所知，他的兒子還沒有談對象。也是，這一身角質的皮膚，讓他的兒子早失去了青春的自信。

他的兒子低頭看了看弄成一團的被子，默認似的點了點頭。然後，他的兒子問道：「你怎麼還沒有睡呢？你養了這麼多年的蛇，也開始販賣蛇了，差不多跟蛇打了一輩子的交道了，難道你還怕蛇進來？」

養蛇人尷尬地笑了笑，語重心長道：「我不是怕牠，我擔心牠會來對付你。」他一面說，一面又將屋裡的邊邊角角看了一遍。他那雙眼睛像雞毛撣子一般，任何一個小的角落都沒有放過。屋裡沒有任何異樣。他在外面聞到的氣味此刻漸漸散了。

交配過後的母蛇便不再釋放那種氣味。他稍稍放下心來，可是同時心裡又打了一個疙瘩：難道還有另外的一條公蛇在這周圍？

張九極不自在地挪了挪身子，說道：「父親，天晚了。你還是安心地睡覺吧！你看，我這不是好好的嗎？」忽然，張九聞到一陣嗆鼻的氣味，皺起眉頭問道：「這是什麼氣味？是不是誰家著火了？」

養蛇人經兒子提醒，臉色頓時變了：「啊？糟糕！不會是廚房裡燃著了吧？」他急忙返身趕去廚房。

火灶裡的火苗果然竄了出來，像蛇信子一樣舔著火灶外面堆放的稻草。養蛇人慌忙提起角落裡的潲水桶，將半桶潲水潑在了稻草上。

火熄滅了，煙更濃了。

張九坐在自己房裡聽到廚房裡傳來劇烈的咳嗽聲。他的母親在睡夢中被濃煙燻醒，大聲罵道：「叫你好好睡覺偏不聽。你要把我們的房子燒了才安心吧？」

張九抬頭看了看頭頂的房樑，一條綠色的蛇盤旋在橫樑上，牠回頭看了看張九，然後順著橫樑緩緩地爬了出去……

26

張九講到這裡的時候，情不自禁地抬頭看了看頭頂。由於爺爺家的廚房和堂屋挨得近，堂屋裡的房樑上滿是黑色的灰塵。如果打掃的時間間隔長一些，就會看到原本細如毛髮的蛛絲變成粗粗一根，沉甸甸地坨成一個半圓。也許，此刻的張九把那盤旋在堂屋的房樑上的蛛絲想像成了那夜爬走的蛇。

陣陣的清風從門口吹進堂屋，吹涼了我們手中的茶。奶奶在旁收走茶杯，重新換上熱氣騰騰的熱茶。

張九細聲細語道了聲謝謝。

爺爺握住茶杯，問道：「張九，你還記得四年前你跟那條蛇第一次……的日子嗎？」顯然，爺爺已經料到了什麼，但是他需要更具體地來確定一下。

張九臉上微微一紅，說出了那個日期。

爺爺將在茶杯上焐熱的手指伸展開來，大拇指按一定規律在其他四根手指上點動。爺爺沉吟了一會兒，問道：「大概幾點你還記得嗎？」

張九臉上更紅了：「我的床頭放著一個鬧鐘的，所以我知道時間。」他羞澀得像一個青澀少男當著別人的面說出第一次約會的日期一樣，好像記得這麼具體是一件很令人尷尬的事情。不過，顯然他的擔心是多餘的。爺爺正專心掐算著手指，而我則專心地等待爺爺算出的結果。

爺爺停了一下，皺了皺眉頭，似乎重新開始算了一遍。

張九早就等不及了，探長了脖子看了看爺爺的手掌，又看了看爺爺的嘴唇，彷彿這樣就可以看出爺爺手裡算著什麼東西，口裡唸著什麼東西。「馬師傅，您對古代數術很在行吧？」他突然開口問道。

爺爺一驚，注意力從手指上轉移到張九身上，驚訝道：「你知道古代數術？」

我也是一愣。俗話說「隔行如隔山」，原以為他只是個門外漢一樣好奇爺爺的動作，沒想到他還能問出個所以然來。真是令我刮目相看。

張九捧起茶笑道：「我瞭解一點點。跟我父親養蛇的時候，很關注日期的變化對蛇性情的影響，因此也學了點皮毛。所以，我知道您現在用的是古代數術，不過我們後輩人一般都聽不懂。」

爺爺見張九還懂他的算術，立即來了興致。原來文天村做靈屋的老者還在世的時候，爺爺經常去他家，跟他講一些我聽不懂的話。特別是我未滿十二歲之前，每次從爺爺家回去，奶奶都要爺爺送我走過畫眉村與文天村之間的那座山。翻過山之後，爺爺就去了那個老者家裡談天說地。我有時走得腳累了，也跟爺爺進去坐一會兒，喝一口茶。那個老者去世後，爺爺又少了一個說話的人。

畫眉村還有一個老者經常來爺爺家坐，也時常聊過去的事。可是那個老者是比爺爺還要典型的農民，他不會數術，只跟爺爺聊一些過去的人和過去的事。而爺爺經常跟他聊著聊著就睡著了。

這次見張九懂得一些古代數術，難免有些相見恨晚的意思。爺爺呵呵笑道：「難怪，懂點數術對什麼都有些幫助的。莫說養蛇，就是我現在種田都靠著這幾句口訣呢！」

不知道是為了贏得爺爺的好感，使爺爺更願意幫助他，還是真正為了討論數術，張九立即口若懸河：「古代數術是中國古代傳統文化的精華，它是以宇宙最基本的真理大道為基礎，以太極模型、陰陽、三五之道的三才與五行為運籌和諧的原理，把音律、曆法、星象、氣候、地理、醫術等各個學科統一成為偉大的整體觀的學問。它是中國古代自然科學、社會科學、人體科學乃至一切學科的基礎，它是『上知天文、下知地理、中知人事』的科學與技術相結合的綜合性大科學。我一直想把古代數術學到手，可惜我不但知識太淺，領悟能力也比較差，不然也不會讓我父親養的蛇咬到了。」

爺爺見話投機，笑吟吟道：「世界上一切事物都有內在的聯繫，這個聯繫就是『數』。所謂數，就是事物在時間、空間上所表現出來的相互依賴、相互鬥爭、相互轉化的量的關係。如太極、兩儀、三才、四象、五行、六合、七星、八卦、九宮等，它們都在一定的數中，都有著不同的數量關係。我剛剛問你事情發生的日期，就是瞭解『數』，然後根據這個『數』對這件事情做出數量關係的判斷。」

張九頓時瞠目結舌，很顯然他對古代數術沒有爺爺這麼深的瞭解，他能對古代數術做一些概況性的瞭解，但是對更深一層的知識沒有把握。他愣愣道：「您……剛剛根據我說的日子和時辰算出了什麼？我聽父親說過他能按照一定的『數』算到蛇出洞時間、交配時間等。但是我從來沒有聽說過運用數術算出其他的東西。」

爺爺道：「數術有很多流派，每一個流派都有著自己的思維運算體系。你父親養蛇學到的數術只是其中一種。但各個流派之間的『理』都是相同的，都是把不同的現象輸入到一定的數術模型中，經過一番演算變換，再把結果返還到事物現象之中，從而判斷該事物的發展趨向和最終的結果。這些象數變換的依據都是從中國古代特有的哲學觀——『易數』而來。」

做為聽眾的我大為驚訝。雖然我跟著爺爺耳濡目染，但是未曾深入瞭解數術。聽爺爺這麼一說，似乎有一種頓悟的感覺。原來如此！難怪爺爺和姥爹能用一個算盤料到那麼多的事情！

張九很快對談論數術失去了熱情，一心關注爺爺根據他給的日子和時辰算出的結果。他焦躁道：「馬師傅，您算到了什麼嗎？竹葉青會不會被蛇販子殺掉？」

27

爺爺擺了擺手，道：「先別問我竹葉青的事情，你先告訴我，你們後來的事情怎樣。那條竹葉青有沒有再來找過你？」

「後來？」張九雙手捧住茶杯，眼睛盯著綠色液體中浮浮沉沉的茶葉，再次陷入了久遠而清晰的回憶之中。

後來，每到月上窗櫺的時候，女人便會來到他的房間，兩人尋歡作樂。張九的父親雖然屢次發現蛇進屋的痕跡，但是見蛇沒有做過任何威脅到他和家人的事情，也就不再追究。不過即使他處處設防，還是不能捕捉到屢次進屋的蛇，就連蛇的蹤影都看不到。

甚至在多雨的時節，當張九的父親不在家的時候，那個女人也來他家。

經過竹葉青的舔舐，張九身上的皮膚漸漸好轉，角質一天比一天柔和，一天比一天少。直到他現在來找爺爺救蛇，身上的角質幾乎全部消退，癢病更是在兩年前就完全治好了。只是這個嗓音恢復得比較困難。

女人告訴張九，牠原本是張九的父親養過的一條蛇，跟咬過張九的另一條毒蛇居住在同一個竹籠之中。當那條毒蛇誤解張九咬傷他時，竹葉青親眼目睹了整個過程。

張九的父親並沒有將所有家養的蛇都交給黑心的蛇販子，只是將咬過張九的蛇賣了，其他蛇都放之山林。

竹葉青心懷感激，就趁著夜深人靜的時候敲開了張九的門。因為牠在張九屋裡居住過，所以兀自走進張九的睡房也就不足為奇了。

「你們間隔不斷地見面嗎？」爺爺在桌上敲了敲手指，問道。

張九想了想，道：「說不上間隔不斷，也說不上間隔多久。她來我房間沒有固定的頻率，我們也從不約定下一次的見面時間。一切都是隨意的，我想她的時候，她就會瞭解我的心意似的出現。而我不想見她的時候，她就心意相通似的連續好久不出現。四年來，就冬季她是不出來的，因為要冬眠。」

「哦！」爺爺頓了頓，道，「那樣的話，就比較難確定了。」

張九眨了眨眼，問道：「您要確定什麼？」

爺爺不回答他，又問道：「你有沒有發覺過她的身體曾經發生過不同尋常的變化？比如……比以往變胖了一些或者瘦了一些？或者說，有時候比較不耐煩？」講到這個時候，地坪裡傳來了奶奶洗衣服的聲音。太陽的光芒強烈晃眼。

張九似乎被奶奶洗衣服的聲音吸引住，側耳聽了一會兒，才緩緩道：「好像……好像有過，但是我不太確定。她一直都比較瘦，皮膚也是清涼的，不像一般人那樣散發著熱量。不過這樣也好，溫暖的感覺對別人來說也許很好，但是我的皮膚一遇到熱的東西就會發癢。而您說的不耐煩，她卻從來沒有表現過。她每次面對我都是高高興興的樣子，有時甚至有幾分頑皮，像沒成年的小女孩一樣。也許是她接觸人不多，所以沒有一般人那種難處的脾氣。」

爺爺點點頭，眉頭擰得緊緊的。

而我卻是羨慕無比。我一直盼望將來跟我相伴一生的人可以那樣——心意相通，無論何時，兩個人一見面，便是高興的開始。

「你們相處了這麼長一段時間，都沒有讓你父親發現。為什麼現在卻被你父親碰到了呢？」爺爺問道。

張九嘆了一口氣，道：「昨晚我發現外面起了南風，便以為今天會下雨。根據蛇出沒的規律，下雨的時候竹葉青活動比較活躍。我父親也準備今天一大早就出去捉蛇。誰知我父親出去不久就折回來了，恰好碰上竹葉青從門口進來，所以被我父親給逮住了。」

張九的手一陣顫慄，彷彿他自己就是一條蛇，剛好被一個兇神惡煞一般的捕蛇人逮住，危在旦夕。

我和爺爺自然知道那陣南風是陰溝鬼作的法，因此並不驚訝經驗十足的養蛇人會判斷天氣失誤，也不驚訝養蛇人根據外面的花草蟲鳥發覺今天根本不可能下雨，從而半途折回來。

「我父親捉住竹葉青，大呼小叫。我在屋裡聽見，雖然擔心，但是不敢當面說穿我與蛇的事情。我父親四年來都沒有捉到牠，這次意外遇見，肯定不會輕易放了牠。所以我偷偷溜出來，急忙往畫眉村走，找您幫忙解救竹葉青。」張九道，「我在前面一個村子裡就看見了您和您外孫的背影，但是我不敢確定就是二位，所以一直悄悄跟在你們後面。翻過山之後，我看見您的外孫朝這邊揮手，便確定了您就是馬師傅，才貿然打招呼。」

「照這樣說來，這竹葉青蛇也算是善類。」爺爺道。

張九急道：「那當然了！求您幫忙救救她吧！您跟我父親求求情，我父親肯定會給您面子放了牠的。當然了，您不一定非得要我父親放了牠，也可以叫我父親將蛇轉贈給您，然後您將牠放生。可以嗎？」

爺爺為難道：「可是你父親知道我從來不養蛇、不吃蛇的。這樣做是不是有些唐突呢？」

「那……那怎麼辦？總不能讓我眼睜睜看著竹葉青被蛇販子收走吧？我求求您了，馬師傅，您就幫幫我吧！」張九哭喪著臉央求道。

爺爺低頭看了看被煙燻成枯黃色的手指，沉聲道：「能不能幫到你暫且不說，但我擔心竹葉青還有什麼瞞著你沒說。」

我和張九都呆了一呆。外面的洗衣聲也戛然而止，彷彿遠處的奶奶也在竊聽我們的談話。接著聽到衣架碰到晾衣竿的聲音，奶奶開始曬衣服了。

張九將茶杯往桌上一磕，原本寧靜下來的茶葉又被驚動，隨著茶水翻湧不止。他用娘娘腔問道：「瞞著我？她有什麼事情瞞著我？」

28

爺爺直言不諱道：「是的。按照你給我的日期和時辰等『數』，我可以肯定，她在當晚就已經受孕，並且不久後生下了一個孩子。只是我很納悶，你怎麼沒有一點知覺？一般的蛇是生下蛇蛋，然後小蛇從蛇蛋中破殼而出。但是竹葉青屬於卵胎生蛇類，像人一樣繁殖。那麼，她至少有一段時間身體會發福，並且性情大變。」我萬萬沒有想到爺爺對竹葉青也有一定的瞭解。

張九嚇得手一抖，茶杯中的茶撒了一半：「馬師傅，您說她給我生了後代？不會吧？我是人，她是蛇啊！我們，我們怎麼可能……怎麼可能會……那樣？」他那娘娘腔讓我不知道是驚是喜還是羞澀。說是驚，卻面帶喜色；說是喜，卻眼睜口張一副驚恐相；說是羞澀，兩眼卻直盯住爺爺，還想問個究竟。

爺爺道：「掐算的結果確實是這樣。難道是我算錯了嗎？」此時爺爺都有些猶豫，他又看了看自己的枯黃手指，彷彿懷疑那幾根手指似的。這是爺爺少有的表現。

張九穩了穩情緒，問道：「馬師傅，數術……也可以算這個嗎？」

爺爺道：「不但可以算到這個，如果你給我的『數』再具體一點，還可以算到生男還是生女。」

我在旁插嘴道：「爺爺，我以前怎麼沒有聽你說過？」

爺爺笑道：「古時候重男輕女的人家多，我們就算會也不肯說出來的。不然，多少女孩還沒有出生就被父母用藥給打下來了。」

我知道爺爺說的「我們」指的是以前那些會方術的一類人。其實何只是古代，十幾年前正是計畫生育抓得緊的時候，很多「超生游擊隊」逃出家鄉就是為了生下一個可以「傳承香火」的男娃娃。我們家隔壁的鄰居生了四個女兒還不善罷甘休，等到第五個生下來是男孩時，他們才從外地回來。當他們夫婦倆抱著五個孩子回到常山村，發現家裡的房子已經被計生辦的人拆了。

那時候計生辦的人兇得很，遇到「超生游擊隊」就蠻橫地捆綁起來，押到醫院做結紮手術。如果誰家「超生」了，計生辦的人就抄他的家，拆他的房。雖然在現在看來，逼人結紮到這個地步沒一點人性化，但是在當時這些都是司空見慣的事。

所以，爺爺有些東西不輕易說出來也是情理之中的事。

張九道：「我聽說過數術可以應用到養蛇和種田中，但是沒有聽說數術還可以預測這些。」

爺爺看了看我，又看了看張九，問道：「《孫子算經》你們知道嗎？那相當於古代的數學教科書，你們現在的學校還用吧？」

張九搖了搖頭。

可是我對《孫子算經》卻是知道一二的。此書約成書於四、五世紀，作者生平和編寫年代都不清楚。現在傳本的《孫子算經》共三卷。卷上敘述算籌記數的縱橫相間制度和籌算乘除法則，卷中舉例說明籌算分數演算法和籌算開平方法。卷下第31題，可謂是後世「雞兔同籠」題的始祖，後來傳到日本，變成「鶴龜算」。書中是這樣敘述的：「今有雞兔同籠，上有三十五頭，下有九十四足，問雞兔各幾何？這四句話的意思是：有若干隻雞兔同在一個籠子裡，從上面數，有三十五個頭；從下面數，有九十四隻腳。求籠中各有幾隻雞和兔？」

說到「雞兔同籠」，相信學過數學的人都知道。我在小學的時候就經常被這類衍生出來的問題弄得頭昏腦脹，而奧數裡更是經常出現這些問題。當時的我對這些問題頭痛得很，甚至可以說是恨之入骨，所以印象深刻。

但這是關於數學計算的書，不知爺爺突然提到它跟生男生女的問題有什麼聯繫。

爺爺自然要講到「雞兔同籠」是出自《孫子算經》，張九經爺爺提點，終於「哦」了一聲，點頭不迭。我相信張九的腦袋也在想：這加減乘除跟生育有什麼聯繫？

爺爺自然知道我們在想什麼，呵呵笑道：「你們大多數人只知道雞兔同籠的問題，卻不知道《孫子算經》的最後一題是什麼。」

「最後一題？」我跟張九異口同聲問道。

爺爺早料到我們的疑問，神情自若地端起茶喝了一口，道：「《孫子算經》的最後一題是這樣的：今有孕婦，行年二十九歲。難九月，未知所生？答曰：生男。術曰：置四十九加難月，減行年，所餘以天除一，地除二，人除三，四時除四，五行除五，六律除六，七星除七，八風除八，九州除九。其不盡者，奇則為男，偶則為女。」

我跟張九都聽得雲裡霧裡，不知所云。但是最後兩句能夠知道，經過一番計算之後，如果餘數是奇數，那麼生下的孩子是男的；如果餘數是偶數，那麼生下的孩子是女的。因為我對五行六律七星八風什麼的知之甚少，所以也不知道中間要經過怎樣的演算法。但是可以知道，爺爺就是透過這種神奇的數術預測到竹葉青受孕的。

我見爺爺對數術的談興又起，連忙問道：「爺爺，既然竹葉青給張九生下了孩子，為什麼她不告訴張九呢？」

張九經我提醒，立即從對古代數術的沉迷中醒悟過來，急問：「對呀！馬師傅，她為什麼要瞞著我？我為什麼沒有異樣的感覺？」

「這個……」爺爺轉動手中的茶杯，沉吟道。

「這有什麼難猜的！」奶奶從門外走進來，兩隻手凍得像紅蘿蔔似的。我們三人立即將目光轉向年邁的奶奶。一陣風起，米湯漿洗過的被單在奶奶背後獵獵作響。

29

人有時候就喜歡鑽死胡同，明明很簡單的事情，腦子裡就是轉不過彎來。但經人點撥之後，才恍然大悟，而那個答案卻非常簡單，只是當事人一時鬼迷心竅，繞了個大彎子。這些事情很多發生在男人猜測女人的心思，或者女人猜測男人的心思的時候。

奶奶道：「她是怕你知道了會跟她分開。」

涉世未深的我問道：「為什麼怕？」

奶奶道：「你們想想，她是一條蛇，張九是個人，他們本不是一類的，偏偏生下個結合物來。如果讓張九知道了，他還不著急看看孩子是不是長著蛇鱗？還不擔心孩子像她一樣留下蛇的特徵？」

我和爺爺頻頻點頭，張九默不作聲。

奶奶又道：「如果讓張九知道了，他還要那個女人把孩子抱回來。這樣一來，張九的父親張蛇人就極容易發現女人的行蹤，接著就發現張九跟女人的那些事。我敢肯定，張蛇人是不會善罷甘休的，一定會拆散兒子和蛇的姻緣。」

想想也是，一個養蛇多年又開始販賣蛇的人，如何能容忍自己的兒子跟一條蛇相伴終生？如果爺爺的數術完全正確的話，那麼竹葉青肯定是考慮到了這一點，才隱瞞張九懷孕生子的事情。可是，為什麼張九沒有發覺呢？如果真有孩子，那麼竹葉青要將孩子藏在哪裡才好呢？

張九聽了奶奶的話，默默點頭，嘴巴抿得緊緊的，表情古怪，不知道他是為忽然出現的孩子而擔憂，還是為之而欣喜。

奶奶將張九的舉動盡收眼底，她走到張九面前，將那雙紅蘿蔔一般的手放在張九的肩頭，聲音低沉道：「再說了，如果告訴了你，她害怕你會驚慌失措，從而對她敬而遠之。畢竟你們之間還有很多的阻礙，她不能確定你的心思。不過，我可以肯定，她對你是有愛意的，不然她不會這麼做。」

「那我更應該把她救下來了。」張九的語氣有點生硬，彷彿這句話不是他願意說出來的，而是被人逼迫的。

奶奶笑道：「這就是你自己的決定了。」然後，奶奶走進裡屋，抱出棉被走回太陽下。緊接著，地坪裡傳來了「嘭嘭嘭」的聲音，那是奶奶在用一根竹棍拍打棉被。

現在，奶奶已經不在人世了，我每次走到爺爺家的地坪裡，看著那幾根斜立在牆角漸漸腐朽的晾衣竿，仍能聽到「嘭嘭嘭」的聲音。每次跨進大門，我仍心中忐忑卻又滿心希冀，彷彿下一刻奶奶的聲音就會出現在耳邊：「亮仔，我的乖外孫，你又來看奶奶啦！喲？你比奶奶都高出一頭啦！」

一個人在一個老屋裡生活久了，當他或者她離去之後，聲音、相貌等卻還駐留在這裡，供那些想念他們的人傾聽、回憶。

當在堂屋裡的那張桌子前坐下，我仍能清晰地回憶到張九來到這裡的那個早晨，那個像女人一般的男人，滿臉皺紋、手指枯黃的爺爺，以及屋外的「嘭嘭嘭」一聲。雖然桌子旁邊只有一個回憶往事的我，但是我仍能清清楚楚地看見他們，彷彿時光逆流。

我看見張九又開始低頭捏手指了，一根手指一根手指地循環反覆。我真想不通，那個竹葉青女人為什麼會喜歡上這樣一個猶疑不決的男子。如果不是因為張蛇人的放生，她會來給張九治病嗎？她會將自己交給張九嗎？

「你現在還確定要我去救竹葉青嗎？」爺爺忽然問道。

張九惶然一驚，頓了頓，反問道：「馬師傅，您為什麼這樣問？」

爺爺咂了咂嘴，沒有說話。我知道爺爺的意思，一個漂亮的女人和一個帶著孩子的女人是有著很大區別的，特別是對局中人的張九，這簡直就是生命的分水嶺。如果選擇前者，不過是年輕時多一段風流韻事罷了；如果選擇後者，這就需要一定的擔當，需要負一定的責任。對張九來說，選擇後者，更需要的是勇氣，因為前面還有很多困難等著他。假使他選擇了前者，那麼這些困難便不復存在了。

張九捏住大拇指的時候停住了手的動作，說出一句既沒有選擇前者又沒有選擇後者的模糊話來：「但是……我……我還不確定她有沒有……有沒有受……孕……」

爺爺皺緊了眉頭，道：「你父親是什麼時候跟蛇販子接觸一次？」

張九鬆開了兩隻手，探著腦袋問道：「您，您是答應幫助我了嗎？」他的激動之情遠遠沒有我料想的那樣強烈。

爺爺點點頭。

張九道：「如果蛇販子沒有其他事耽擱的話，應該後天就會到我家去跟父親交易。」

爺爺直視張九的眼睛，問道：「那個蛇販子會不會提前就到你家去？比如說……明天？有沒有這種可能？」

張九想都沒想，道：「不可能。我父親在賣蛇之前要做些準備工作，把捉好的蛇從竹編籠子裡取出來，裝進特製的編織袋。如果蛇販子提前來的話，這些事情不能在短時間裡完成，會耽誤時間。所以，他們約好了日期，我父親在蛇販子來的前一天做這些事情。」

爺爺道：「就是說，蛇販子只可能延後來，不會提前來。是吧？」

張九點頭道：「是的。所以我今天一大早就過來找您，我們只有兩天時間了。如果我們不快一點的話，竹葉青就危險了。」

爺爺淡然道：「既然我們還有兩天時間，那就不用著急。我看你先回去吧！等明天我去找你父親。」

張九急躁道：「今天不可以嗎？為什麼要等到明天呢？」我也忍不住擔心了，早去早解決，萬一明天出了什麼狀況呢？

30

爺爺咳嗽了一聲，眉頭微皺，道：「不是我今天不想去，而是我剛剛從文天村回來，有些累。你看，我也這麼一把年紀了，身上的骨頭像機械零件一樣，不是磨損很大，就是生了鏽，經不起折騰。」

我立刻將要勸說的話吞回了肚子裡。

「我……」張九也說不出話來。

爺爺擺了擺手，深深吸了一口氣，說道：「既然你說了蛇販子不可能提前到你家去，你也就沒有必要過多地擔心。安心在家裡，等我休息好了再過去，行不行？」

我無意中瞟了一眼放在角落裡的月季。經過昨晚的折騰，不知道月季是不是也會覺得累？她好久沒有到我的夢裡來了。而那個叫花子對我說過的話，我還沒有一個解答，並且《百術驅》沒有任何消息，由不得我不隱隱擔心。

張九用眼神對我示意，要我勸一勸爺爺。我眼睛的餘光早已發現，但是仍直直地盯著月季，假裝沒有看見。

這時恰好外面來了一個老太太，跨進門就問爺爺：「馬師傅，我家的雞昨晚沒有回籠。您幫我掐算一下，是被人偷吃了呢？還是躲在哪個角落裡了？」

這個老太太是住在村中心的農婦，我見過很多次。我連忙起身跟她打招呼，她點頭笑了笑：「童外孫來啦！」我連忙回應。

驀然回首，畫眉村裡那些我認識的老爺爺、老太太一個接一個地消失了，彷彿初陽蒸融霧水一般。當我再次回到畫眉村，從那些熟悉的屋裡走出的，卻是我不再熟悉的人，需要爺爺一一指點「那是某某的孫子，那是某某的曾孫」，我才能勉強笑著跟他們打個生硬的招呼。而他們也是一張淡漠的臉，勉強擠出一個笑容向我回應。

有時候我特別懷疑我的回憶是不是真的存在過，彷彿那些熟悉的屋子、那些熟悉的人只是曾經在我的夢裡出現過。

張九見有其他人進來找爺爺，立即噤聲了。

爺爺邀老太太進屋坐下，泡上一杯暖茶，問道：「您告訴我一下，您家的雞是在什麼時候走失的呢？」

老太太道：「是戌時。我剛剛給牠們撒了一把米，我家那隻討厭的狗不知發什麼瘋，衝進雞群裡，把雞嚇得亂跑。待我去咯咯咯地逗雞進籠，就發現少了一隻。」老太太跟爺爺是一個年代的人，所以她不說雞是幾點走失的，而是直接說時辰。

旁邊的張九見老太太沒有跟他打招呼，沒話找話，也不針對誰直接問道：「你們那一輩都喜歡用子丑寅卯來計算時辰。我知道一個時辰是現在的兩個小時，但是為什麼要用生肖來計算時辰呢？」

不等爺爺解釋，老太太搶言道：「哎，這個還不簡單！子時是晚上十一時正至凌晨一時正，子是老鼠的意思，鼠在這時間最活躍。丑時是凌晨一時正至凌晨三時正，丑是牛，牛在這時候吃完草，準備耕田。寅時是凌晨三時正至早上五時正，要知道了，老虎在此時最猛。卯是早上五時正至早上七時正，卯是兔，月亮上有玉兔，意思是這段時間月亮還在天上。以此類推，辰時是『群龍行雨』的時候。巳時，蛇在這時候隱蔽在草叢中。午是馬，這時候太陽最猛烈，相傳這時陽氣達到極限，陰氣將會產生，而馬是陰類動物。未時嘛，羊在這段時間吃草。猴子喜歡在申時啼叫。雞在傍晚酉時開始歸巢。戌時，狗開始守門口。亥是夜深時分，欄中的豬正在熟睡。」

老太太一口氣把十二個時辰的意思全部說完了，張九聽得發了呆。

「您真厲害！」張九豎起大拇指誇獎道。

老太太淡然一笑，道：「這有什麼了不起的？這些我和馬師傅小的時候都聽大人們說過無數遍了，我們不是記在心裡，而是爛在心裡了。呃？你是馬師傅的什麼親戚？我以前怎麼沒有見過你啊？稀客吧？」

爺爺介紹道：「他呀，他是張蛇人的兒子，您還記得張蛇人吧？」

老太太瞇起眼想了想，搖頭道：「我不記得，張捨人？姓張的我倒是認識幾個，但是從來沒有聽說過名字叫捨人的。捨人為己？哦，不。我只聽過捨己為人。」

張九聽了老太太的話，不但沒有生氣，反而忍不住「噗哧」一聲笑出來。看來老太太記性和聽力都不大好，但是挺有天生的幽默細胞。

爺爺笑道：「不是名字叫蛇人，是一個姓張的養蛇的人。知道吧？前些年來過我們這裡耍過蛇的，還有印象吧？」

老太太這才「哦」了一聲：「原來是那個養蛇人的兒子啊！哎呀，事情都隔了好久啦，我幾乎記不起來了。他的兒子都這麼大的人啦？時間過得真快呀！眨眨眼睛就過去啦！」老太太感嘆了一番，末了熱情地問道：「你家父親身體還好吧？」

張九回道：「好著嘞！」

老太太道：「你父親是我認識的最遠的人。我是從隔壁村嫁到畫眉村來的，一輩子也就待在這兩個村之間，一個月就去鎮上買一次零用東西。娘家人死了，兒子長大了，我連娘家也很少去了，鎮上也很少去了。畫眉村的一塊石頭，一個水坑，我都知道在哪裡。但是要問我畫眉村之外的事情，我是一概不知。不過一個情況除外，就是知道很遠的地方還有一個養蛇的厲害人物。呵呵。」老太太一講起話來就滔滔不絕。不過也難怪，像她這樣一輩子拘束在一巴掌大的地方，難免對一點點新鮮事情如此感興趣。

張九道：「我家住得並不遠，才二十里多一點。」

老太太立即撇了嘴，道：「二十里還不遠？對了，你既是養蛇人的兒子，應該知道巳時啊！巳是蛇的意思嘛！」

張九聽了，臉色頓變。

31

爺爺發現了張九的不適，忙關切地問道：「張九，你怎麼啦？」

張九驚慌失措道：「馬師傅，我差點忘了，竹葉青曾經跟我說過，巳時她無論如何都要回到竹林中去的，不然會渾身難受。只怕今天到了巳時她回不去，會跟我父親鬥起來。」

爺爺拍了拍他的肩膀，道：「不用驚慌，你現在就回去，路上走快一些。回到家裡之前，折一段竹樹的枝葉。到家了就給她蓋上。這樣她就會舒適一些。巳時的蛇一般不咬人，所以也沒有必要擔心你父親。」

老太太聽了他們兩人的對話，拍著巴掌問道：「你們說些什麼呢？你父親不是養蛇人嗎？你還替他操什麼心？還怕他被蛇咬了不成？」

張九說走就走，立即跨門離去，甚至顧不上跟爺爺告個別。

老太太又拉住爺爺要問個明白。爺爺笑道：「他們養蛇的事情您打聽了也沒有用，您還是多多關心自家的雞吧！」

老太太跺腳道：「是啊，我差點忘了來幹什麼的了。哎呀，馬師傅，您快幫我算一算，我家那隻走失的雞能不能夠找到。」

爺爺默神沉吟一會兒，答道：「您這隻雞恐怕是回不來囉！要不是落到水塘裡淹死了，就是被誰家饞嘴的狗給咬死了。牠的屍骨應該在正南方，您可以朝正南方去找找。」說完，爺爺掏出一根菸來，「刺啦」一聲劃燃火柴，將香菸點上。我沒有阻攔。

送走了嘮嘮叨叨的老太太，爺爺突然問我道：「張九呢？」

我奇怪道：「他不是聽了你的勸告先走了嗎？」

爺爺「哦」了一聲，低下頭去抽悶菸。顯然爺爺剛才腦子裡還想著其他的事，也許是張九的事，也許是《百術驅》的事，也許是剛剛經歷過的陰溝鬼的事。還有一種可能，那就是爺爺真的累了。就算是一個精力充沛的年輕人，也經不起這些天連續不斷的折騰。

「別吸菸了。」我勸道。我知道，如果這個時候不勸勸他，他會接著吸第二根、第三根……

「嗯，這根吸完我就不吸了。」爺爺道。

我和爺爺默默地坐了一會兒，忽然聽見外面有人吆喝賣水果。奶奶從裡屋走出來，高興道：「我的乖外孫真有口福，早不見來、晚不見來，偏偏今天就來了。老頭子，去枕頭底下取點錢來，買點水果給亮仔吃。家裡也沒有什麼好吃的，讓他閒待在這裡也沒意思，不如吃些東西。你們一老一少默坐在這裡，坐得我都沒有什麼話說了。」

爺爺點點頭，走到裡屋取了錢出來，問我道：「你想吃梨子還是蘋果？我的牙不好，吃水果涼冰冰的，牙齒受不了。」

我說：「出去看看再買吧！」

於是，我們兩人循著吆喝聲找到了賣水果的販子。載水果的是一輛破板車，一人坐在板車上吆喝，兩腳懸在半空晃蕩；一人站在板車前，兩手緊緊提著車把，肩膀上拉著纖繩，如伏爾加河上的縴夫。坐在板車上的人我不認識，可是那個拉車的不是別人，正是紅毛鬼山爹。它嘴上叼著一根煙燎霧燎的香菸。

我立刻想到了以前的山爹看我的那種眼神，心頭不由得升起一絲惆悵。

紅毛鬼自然不再認識我這個跟他兒子同年同月同日出生的「同年兒子」了，不過它見了爺爺還是有些畏手畏腳。爺爺一靠近板車，紅毛鬼就立即向後退，可是肩頭的纖繩約束著它的活動範圍，讓它走不了太遠。我想，如果它還能記得當初跟著爺爺一起在池塘旁邊捉水鬼，還記得它曾被一個男狐狸精控制又被爺爺救出來，它就不會這樣害怕爺爺了。

「蘋果怎麼賣？」爺爺問販子道，然後隨意看了紅毛鬼一眼，笑了笑。

爺爺飽經世事，不像我想得這麼多，更談不上有惆悵的感覺，即便有這種感覺，爺爺也比我會隱藏心思。

紅毛鬼見爺爺朝它笑，頓時顯得手足無措，嘴巴微張，叼著的菸頭掉到地下，嘴邊還冒著一陣煙霧。

販子報了價格。爺爺買了十來個蘋果，然後我們返身往回走。

「噭！」背後傳來一聲刺耳的嚎叫。

我跟爺爺回過頭去，發出嚎叫的是紅毛鬼。它見我們回頭去看它，立刻恢復到開始那種畏縮害怕的模樣。我和爺爺會心一笑，繼續朝家的方向走。它卻又一次在我們背後嚎叫起來。等我們再次回頭，它仍是立即噤了聲，畏畏縮縮地看著我們。我們盯了它半天，它卻還是不說點什麼。當然了，要指望它說出什麼來那是不可能的，它早就不會說話了。對那個販子來說，紅毛鬼跟拉車的牛差不多，只是牛吃的是草，而紅毛鬼討要的是幾根廉價的香菸。

「走吧！」爺爺輕聲說道。

然後我們頭也不回地走了，獨留它在我們的背後發出「噭噭」的嚎叫聲。

回到家裡，洗了兩個蘋果吃下，我問爺爺道：「明天你什麼時候去張九家？你確定你能說服那個養蛇人嗎？」

爺爺正要答話，奶奶走了過來。她沒好氣地說道：「人家請到家裡來了我也沒有辦法，但是既然人家已經走了，沒有誰還主動追到別人家裡去幫忙的。」

爺爺笑道：「看您說的！我又沒有說明天要去！」

我不滿道：「您答應了幫人家，怎麼可以失信於人呢？」

爺爺立即給我遞眼色。我皺了皺眉頭。當然，這一切都逃不過奶奶那雙明察秋毫的眼睛，不過奶奶卻假裝沒有看到我跟爺爺眉來眼去，兀自走開去。

「明天你還要去田裡看看水呢！幫人可以，但是別荒了莊稼。」奶奶走出大門的時候不忘提醒道。

「嗯！好的。」爺爺悶聲悶氣回答道。

「看來明天你去不成了。」我小聲對爺爺道。

32

張九依爺爺所言，在回去的路上順手折了幾枝竹葉。回到家裡，趁父親不注意時將青色的竹枝搭在裝有竹葉青的編織袋上。過了巳時，竹葉青果然沒有異動。而後，他就靜靜等待第二天的到來了。按數年來的經驗，他確信蛇販子不會提前到來。

張九的父母親沒有發現任何異常。

第二天一大早，張九的父親又拎著幾個竹編籠子，踏著露水回到屋裡。此時，張九的母親還沒有醒，張九自己雖然醒了，但是還賴在床上。

他知道竹葉青被掛在堂屋裡的主樑上，側耳就能傾聽到蛇信子咻咻的聲音，但是他更加注意的是地坪裡的腳步聲。他期待的不是父親的腳步，更不可能是女人的腳步，而是一雙平穩而略顯蒼老的腳步。雖然他不知道蒼老的腳步應該是怎樣的，但是只要聽見父親驚呼一聲「呃？是什麼風把您給吹來啦」。他就可以確定，救命的馬師傅如約而至了。那麼，他心愛的竹葉青也就有了被救的希望。

對於馬師傅說的，竹葉青也許有過他的骨肉，他是不大相信的。

他聽見父親的腳步聲由遠及近，然後聽見大門吱吱地打開。他能料想到，接下來就是竹編籠子丟在地上的聲音，然後是編織袋發出的摩擦聲。那是他的父親將竹編籠子裡的蛇移到編織袋裡去，接著給編織袋束上口。當然了，今天捉到的新蛇不會跟竹葉青放在一起，怕蛇與蛇之間鬥起來。蛇被咬傷了，價錢就要大打折扣。他的父親在捉蛇的時候都是小心翼翼的，並不是害怕被蛇咬到，而是擔心在捕捉的過程中傷了蛇。只要蛇鱗少了一片，那個尖酸刻薄的蛇販子就要說這道那，想盡一切辦法壓低蛇的價錢。

「張九，起來沒有？起來了就吃蛇膽！」張蛇人在堂屋裡喊道。

這是張蛇人自改養蛇為捉蛇以來形成的習慣。蛇膽有明目清毒的藥效。

有些捉蛇的人將價格不高、品種不好的蛇活生生掏出蛇膽來，然後脖子一仰，將生蛇膽扔進嘴裡，硬生生嚥下。反正賣不了好價錢，還不如自己享用。被挖掉蛇膽的蛇便在地上蜷縮，捉蛇人一般不再理這種沒有了任何利用價值的蛇，任牠自己慢慢在痛苦中死去。如果捉到的是金環蛇、銀環蛇、眼鏡蛇、眼鏡王蛇、五步蛇、蝮蛇或者其他蛇膽極為珍貴的蛇，捉蛇人就捨不得「暴殄天物」了。

竹葉青的膽雖然說不上珍貴，但是牠有毒，具有其他的利用價值。這是張蛇人留下牠的原因。

看來父親捉住的是一條普通的蛇，張九這樣想道。但是他沒有回應父親，仍舊懶懶地躺著，耳朵捕捉地坪裡的其他細微聲音。

父親改為捉蛇之後，張九生吞過不少這樣的蛇膽，比藥丸還苦，他只能閉著眼睛用力吞下去。如果不小心用牙齒碰破了膽囊，那苦液就會在口裡蔓延開來，那才是真的苦不堪言。

張蛇人見兒子沒有回答，以為他還在睡覺，便咕嘟一聲自己吞下了蛇膽。然後，他繼續察看剩下的幾個竹編籠子是否有收穫。

珍貴的蛇是越來越少見了，以前他小時候在山林裡經常遇到劇毒的蛇。當時有老人告訴他，如果在山林裡遇到一條蛇突然躥起來，直直挺起，那不一定就是要咬你，而很可能是要跟你比高。此時如果你的手中有一根木棍，千萬不要用木棍去擊打牠，只要將手中的木棍舉起來，超過牠的高度就可以了。如果手中沒有木棍，你可以將腳抬起來，脫下鞋子，將鞋子從牠的頭頂扔過，那也算超過了牠的高度。不過你千萬要記住，不可俯身去脫鞋，因為這樣表示你認輸，那蛇會飛快地過來咬你一口，讓你中毒身亡。

這叫做「蛇比高」。只要你比過了牠，牠便會乖乖地退走。但是如果你輸給了牠，就算當時牠沒有將你咬傷致死，牠也會如冤鬼纏身一般到處追尋你的氣息，直到將牠的手下敗將殺死為止。

當然，他還聽老人說過很多奇怪的蛇，比如一種雞冠蛇，此種蛇能飛，有冠，奇毒。還有兔子蛇，全身潔白有毛，常棲息在一種竹子裡面，這種竹子叫箭杆竹，它的葉子就是端午節用來包粽子的粽葉，也是奇毒。還有一種蛇，從高處掉下來會摔成一節一節的，然後一節節的東西會動，慢慢連在一起，又活了。還有鼓氣蛇，平常牠只有筷子細，但一驚動牠立即變得像扁擔一樣粗。

也許這些蛇原來是有的，但後來都漸漸消失了。他自己見過的最為可怕的蛇也不過是眼鏡王蛇。眼鏡王蛇生性兇猛。當牠遇到危險時，牠的頸部兩側會膨脹起來，並發出呼呼的響聲。牠的眼睛非常明亮，張蛇人從牠那明亮的雙眼中發現彷彿有智慧的光芒，這是其他蛇所不具備的。眼鏡王蛇又叫過山風波，由名字便知道牠的速度有多快。

那是他第一次也是唯一一次遇到眼鏡王蛇。從此以後，別說眼鏡王蛇，就連眼鏡蛇都日漸少見，以致於無了。

張蛇人抬頭看了看吊在房樑上的編織袋裡的竹葉青，嘆息連這種毒蛇都少了，以後恐怕靠捉蛇是維持不了生活了。

張蛇人定了定心思，將手頭的幾個竹編籠子都清理好了。張九在睡房裡聽見竹編籠子磕碰的聲音，心裡又是一驚。

「張蛇人，你好哇。我要的蛇都收拾妥當啦？」一個熟悉的聲音突然進入張九的耳朵，嚇得張九背後出了一層冷汗！

那個蛇販子！他！他怎麼提前一天來了？

33

同樣驚訝的不只有張九。

「咦？你怎麼今天就來了？不是說好了明天交貨的嗎？」張九聽見他父親驚訝地問道。

「明天我的姪女結婚，所以我今天就提前來了。本來應該事先告訴你的，但是我那個姪女也是奇怪，以前好好的一個姑娘，會唱會跳，人也長得仙女模樣，可是這幾天不知怎的就突然啞了。家裡人怕親家改變主意，只好逼著那邊快點結婚算了。」蛇販子搖了搖頭，嘆息道。

張蛇人這才釋然，道：「哎，天災人禍，誰都躲不過啊！我兒子也是突然就得了怪病，要不是這樣，我也不會改行賣蛇給你了。」

蛇販子哈哈笑道：「那是，那是。我也絕想不到養了這麼多年蛇的你，忽然之間就改捉蛇、賣蛇了呢！」

張蛇人給蛇販子泡上一杯茶，然後搭了梯去房樑上取編織袋。他一邊往上爬一邊道：「這年頭捉蛇也難了，好品種的蛇是越來越少啦！前些天我在家門口捉了一條竹葉青，就這條蛇好一點，其他蛇都賣不了幾個錢。」

蛇販子喝了一口茶，頗有興致地問道：「哦？我還以為蛇經過你家都要繞著門走呢！還敢有膽大的蛇來你家門口？這不是自尋死路嗎？」蛇販子站起了身，朝裡屋望瞭望，小聲問道：「你婆娘還沒有起來？」

張蛇人一邊解開吊著編織袋的繩索一邊回答道：「嗯！她能睡。哪裡像我啊，定時一定要起來，閉上眼睛也睡不著。」

蛇販子點點頭，又問道：「你兒子呢？他不在家嗎？」

張蛇人停止瞭解繩索的動作，蹙起眉頭看了相識多年的蛇販子一眼，狐疑道：「怎麼了你？平時你沒有這麼多話的呀？從來都是低著頭拿了蛇給了錢就走。今天怎麼有點異常呢？」張蛇人把蛇販子的嘴巴、鼻子、眼睛重新看了一遍，似乎要從他臉上看出些什麼來。

蛇販子被他看得不舒服，在臉前揮了揮手，像趕蚊子似的。「看什麼？還怕我是戴著面具出來的？怕我要了你的蛇不付錢？」

張蛇人嘟囔了一下，提著編織袋一步一步從樓梯上下來。在裡屋偷聽的張九感覺那樓梯的「噠噠」聲彷彿每一步都踏在他的心上。

後來張九說，當時他的心都提到了嗓子眼裡，甚至在心裡千萬遍地呼喚馬師傅快點到來。他恨不能長一雙飛毛腿，直接衝到畫眉村把爺爺抓到父親的面前來。

而在張九著急的時候，奶奶正在爺爺面前嘮叨說田裡的水好久沒有去看了，又說些家裡的活都被她一個人包幹了，實在騰不出手腳。我在一旁聽得耳膜都起了繭。

爺爺始終呵呵地笑，被奶奶連推帶拉地趕出了門，自然還要在爺爺的肩頭上加一把鋤頭。末了，奶奶還要站在門口看著爺爺一步一步向遠處的水田方向走。那個方向剛好跟張九的家的方向相反。

水田雖遠，但是從後門出來，站到菜園前的柴捆上看去，還能勉強看清一個小小的方塊田邊有一個逗號一般的身影在忙活。秋收的時候，我只要站在柴捆上朝那個方向大喊：「收工啦，回來吃飯啦！」立即就能看到爺爺揮舞著禾把朝我示意。不一會兒，那個逗號大小的身影就漸漸大起來，直到走到我面前。

所以，爺爺想從水田裡逃走轉而去張九的家救那條竹葉青，那是根本不可能的事情。

奶奶在前門晾曬衣物，不時叫閒在旁邊的我去後門看看爺爺還在不在。我就一溜煙跑到柴捆上，朝遠方眺望。

我的心裡其實盼望著那個逗號倏忽一下就不見了，即使是這樣，我也不會向奶奶說明的。但是每隔幾分鐘奶奶要我去「看哨」，那個逗號還穩穩當當地在那裡。看來爺爺幹活還挺認真，圍著那塊方塊田走了一圈又一圈。

半個小時之後，奶奶自己沉不住氣了，問我：「叫你爺爺去看一看田裡的水，他怎麼一去就半個小時？引點水或者堵堵缺口，需要這麼長的時間嗎？亮仔，你再去看看，他是不是不在那裡了？」

我嘟嘴道：「奶奶，這半個小時裡我都去看了十多次了。他一直在那裡。要不……我叫他回來？」

奶奶道：「叫回來了也不允許你跟他一塊兒跑出去。你都讀高中了，學業要緊，考個好大學，我臉上也有光。你爺爺那點歪門邪道不值得學，學了都是為別人白幹活。好了好了，你叫他回來吧！搞得我像皇太后叫他流放似的，不叫還不回來了！」

我再一次爬上柴捆，朝爺爺的方向呼喊。

「呶，就是這條竹葉青。牠在我家裡潛伏了三四年，我一直都捉不到牠，不知前些天怎麼運氣這麼好，恰巧讓我給碰上了。你把牠帶走了，我也好安心。」張蛇人噓了一口氣，將編織袋扔在蛇販子面前，拍了拍手。那竹葉青被摔得發痛，在細密的編織袋裡扭曲著身子，那縮成一線的瞳孔如貓一般。

「這條竹葉青？」蛇販子俯下身去細細查看。竹葉青朝他吐出猩紅的蛇信子。

蛇販子彈了彈竹葉青的頭，笑道：「就是牠呀？一條這樣的蛇也能使你心神不安？說出來誰信啊？這母蛇的身段還挺好呢！如果長成一個女人，肯定能魅惑很多年輕男子。」

張蛇人淡淡道：「就是打光棍也萬萬不敢要這樣的女人啊。」

蛇販子吹著口哨逗了逗竹葉青，道：「話可不能這麼說，你看白素貞和許仙不是挺好的一對嗎？你兒子還沒有成婚吧？要不……把這蛇留給你兒子倒是挺好的。」

34

張蛇人正色道：「你這是說的什麼瘋話呢？蛇終究還是蛇，牠們是冷血的；人終究還是人，人是熱血的。人和蛇怎麼可以結合在一起呢？莫說我兒子現在中了蛇毒，皮膚和嗓子都變得不好，就是找不到媳婦，也絕不會跟蛇過一輩子嘛！」

蛇販子被張蛇人說得不好意思，連忙分辯道：「我只是開個玩笑，你何必這麼認真呢？算了算了，我們看蛇吧！我拿了蛇要早點回去。這次的蛇可不是轉手給人家餐館或者二胡廠了。我想給我姪女的婚宴上添一道味道鮮美的蛇餐。哈哈，也算是送給我姪女的一個新婚禮物。」

張九在隔壁房裡聽見蛇販子明天就要將接手的蛇送上餐桌，心裡好不急躁。而他期盼的腳步聲到現在還沒有來。真是所有的事情都碰巧撞到一塊兒了。

「張蛇人，我倒是有一個問題，不知道當講不當講？」蛇販子喝了兩口茶，突然問道。

「什麼問題？」張蛇人問道。

蛇販子將茶盅放下，深深吸了一口氣，看了看在編織袋中盤旋的竹葉青，說道：「這條竹葉青為什麼這幾年經常來你家，卻又不傷害你們家裡任何一個人呢？如果牠是要報復你，肯定你妻子或者兒子會被咬到。既然牠不是報復你，為什麼一而再、再而三地跑到你家裡來呢？張蛇人，你就沒有想過這個問題？」

張蛇人瞇起眼睛打量綠瑩瑩的竹葉青，嘆道：「哎，其實我也想弄明白啊。可是家裡沒有發生過什麼怪事，你叫我如何知道這條蛇的想法呢？」

蛇販子竊竊道：「張蛇人，莫不是這條蛇喜歡上你們家裡的某樣東西了吧？」

「喜歡上我家的東西？自從改為捉蛇之後，我家裡多的是竹編籠子、吊蛇鉤、編織袋等捉蛇的工具，牠們平日裡看見了退避三舍還來不及，哪裡敢喜歡上這些東西？」張蛇人邊說邊將堂屋裡的擺設掃描一番。房樑上吊著的，牆角橫放著的，桌子底下扔著的，都是捉蛇的工具。整個堂屋簡直像蛇的審訊室。原來養蛇、玩蛇的工具，早不知拋棄到哪個地方了。

蛇販子也在堂屋裡掃描一周，然後似笑非笑道：「張蛇人，我說的不是這些東西，而是你家裡屋的東西呢。」

蛇販子的話裡有話，但是不知內情的張蛇人如何知道？張蛇人皺眉道：「裡屋更加沒有什麼蛇喜歡的東西呀？要說我養蛇這麼多年，家裡可是連一隻老鼠都沒有。所以也不可能有蛇來我家裡捕食了。」

蛇販子乾笑兩聲，說道：「張蛇人，你捉蛇的技術我是沒得誇的，可是你這個死腦筋怎麼就轉不過來呢？這樣吧，我給你講個故事吧！」

張蛇人指著地上的編織袋道：「你不是說急著回去嗎？怎麼還想講故事給我聽？我可沒有興趣聽你的故事。你付了錢就趕回去準備你的蛇宴吧！幸虧今天沒捉到毒蛇，不然我還真一時給你準備不好貨。呃，你不忙，我還有事情要忙呢！」

「急啥呢？再急哪裡有兒子的終身大事重要？」蛇販子作色道。

張蛇人不耐煩道：「什麼終身大事？好好，我怕了你，你今天怎麼這麼多話呢？好好，你說吧！」他揮了揮手，臉上露出不快。

蛇販子見他答應，喜形於色，咂了咂嘴，道：「我以前也耍過蛇呢！只不過沒有你這麼厲害。我耍了一段時間就放開了。」

「哦？」張蛇人聽蛇販子說他自己也曾耍蛇，頓時來了三分興致。他在椅子上挪了挪身，將姿勢擺正，準備認真聽這個蛇販子說過去的事了。「那你為什麼到後來不耍蛇了呢？」張蛇人側身問道。

「咳，還不是因為娶了現在這個婆娘！」蛇販子的答案令張蛇人一驚。躲在隔壁偷聽的張九也渾身一顫。張蛇人急著想知道原因，於是急急催促他。而隔壁的張九腦海裡想的比他父親要多要雜。

「你要問我，耍蛇跟娶媳婦有什麼關係，是吧？」未等張蛇人問出來，蛇販子早已料到。「呵呵，說出來沒有人相信，但是我跟我媳婦都很清楚，那是一件真真實實發生的事。因為知道別人很難相信，所以我一直也沒有跟其他人說過。」

「什麼事？這麼神秘？」張蛇人一邊問道，一邊還不忘給蛇販子的茶盅裡添茶加水。

「不怕告訴你，在我跟現在的媳婦結婚之前，我跟一條蛇有過一段情事。我後來不要蛇了，也是因為這個。」蛇販子直爽地說道。

「跟蛇？」張蛇人放下茶杯，半信半疑地問道。

「是啊！」蛇販子拿起倒滿的茶，輕輕喝了一口。「我要蛇後不久，就有一個蛇精來找我了，說我救過她的一條命，她要來感謝我。我一開始不信，以為哪個朋友故意找個美女來誆我，故意讓我出洋相。但是那個蛇精說，某年的某天，在某座山上，我在路上看見兩條蛇鬥得不可開交。正在牠要被對手咬死的時候，是我把那隻略佔上風的蛇捉走了，牠就撿了一條小命。」

「我就喜歡會鬥的蛇。」張蛇人說道。

「對，我也只是喜歡那條會鬥的蛇，另外一隻負傷的蛇我是看不上才放了的。」蛇販子道，「但是那條逃走的蛇以為我是有心救了牠，所以找我來報恩。她說出的時間和地點還有當時的情況都跟我當初遇到的一樣，而當時我是一個人上山的，沒有別人知道。即使是我朋友要耍我的話，他也不會知道這件事情。」

張蛇人點頭。

張九在隔壁房間靜聽。他隱隱感覺那個蛇販子知道他在偷聽，並且蛇販子的本意就是要講給他聽，可謂醉翁之意不在酒。

「那你就答應了？」張蛇人問道。

35

「那是自然！你是沒有遇到，如果年輕時候的你遇到這種事情，你是接受還是拒絕呢？」蛇販子神情自若道。

「就算這樣，那跟你後來沒有耍蛇了有什麼關聯？」張蛇人問道。

張九後來說，他當時兩手扶門，將耳朵貼在門上，生怕有一字半句走漏了。他的父親自然是不知道兒子已經醒了過來，並且他兒子心裡擔憂著的是他將要賣出的蛇的命運。

而在張九偷聽蛇販子的回憶的同時，爺爺扛著鋤頭從田埂上朝我走過來，褲管上沾著點點斑斑的泥巴。在我的記憶裡，那些田地裡的泥巴有著一股特別的香味，是童年的香味，如同一個睡熟的嬰兒；是回憶的香味，聞得著卻摸不著；是傷心的香味，雖香卻陣陣刺痛我的心。爺爺說過，人就是女媧用泥巴做的，所以人最後還是要混合到那些泥巴裡面去。

「奶奶的事情忙完了嗎？」爺爺走到我面前，放下鋤尖錚亮、鋤尾生鏽的鋤頭，笑呵呵地問道。

我點頭道：「是的。她就擔心你偷偷去了張九家，叫我三番兩次去柴捆上看你在不在。」

爺爺道：「她沒答應，我哪裡敢去呢！」

這時奶奶走了過來，嚅了嚅嘴，半天才說出一句話來：「田裡的水都弄好了吧？可別壞了莊稼。」

爺爺道：「今天不下雨，過兩天也會下雨的。不用擔心田裡。我把水溝的缺口填了合適的高度，水多了自己會溢出，水少了自己也會漲滿。」在填水溝的高度方面，爺爺要比我爸爸厲害多了。到了關鍵時節，我爸爸下雨也要去看水，晴天也要去看水。雖然他看得勤，但是要嘛收割的時候田裡水太多，割禾的時候腳陷進稀泥裡拔不出來；要嘛耕田的時候水太少，健壯的水牛耕了五分田就走不動了。

而爺爺扛著鋤頭出去看一趟後，大半個月都不用再去看一次，晴天、下雨也不管。爸爸一直想從爺爺這裡學填水溝的方法，爺爺教了好幾次，爸爸都沒有學到一丁點。怨不得媽媽經常說我身上的基因都是遺傳馬家的。

奶奶跟爺爺過了這麼多年，自然知道爺爺不是誇口。她拍了拍我的後腦勺，溫馨地說道：「我家乖外孫將來可不要種田，千萬要認真讀書，早晚脫了這個鋤把運。」奶奶的「鋤把運」的意思就是做農民。

爺爺立即反駁道：「鋤把運不見得就不好啊！亮仔，你姥爹曾經去過城裡做過幾天官呢！可是一段時間過去後，你姥爹就厭倦了。」

「哦？姥爹還做過官？」我驚訝地問道。

「因為就做了很短一段時間，所以家裡人都很少說這事。呵呵。」爺爺笑道，他的笑意裡沒有任何得意，平淡如水，彷彿說著一件與自己毫不相干的事。「他經過洞庭湖的時候還吟了一首詩。」

「詩？」我很少聽到別人提起姥爹生前還喜歡吟詩，作對倒是常有的事。爺爺說過，原來的秀才舉人，見了面就喜歡出一個難對的對聯，專門找人為難，藉此顯示自己的才華。但是從來沒有誰難倒過姥爹。

爺爺仰起頭，看了看不遠處的小池塘，道：「那首詩是你姥爹經過洞庭湖的時候作的。那首詩是這樣的：洞庭湖中水開花，身掛朝珠不愛他；世上只有種田好，日在田中晚在家。」

我對詩沒有什麼研究，也就不能在平仄和意境上做相應的評判了。不過這首詩乍一聽來，感覺還蠻好。

「當官都不如種田呢！」爺爺道。

奶奶立即搶言道：「你怎麼教育他的？不當官？當官有什麼不好的？學你這樣種一輩子田就有出息了？真是的，沒見過這樣當爺爺的人！還好意思說！」

奶奶還要說什麼，剛好一個年紀跟奶奶不相上下的老婆婆走了過來。她熱情地邀請奶奶道：「李姥姥家來了外地的孫媳婦，我們一起去看看？」

奶奶聽了她的話，立即感興趣地跟著走了。

看著奶奶走遠了，我小聲問爺爺道：「張九那邊你不準備去了？」

爺爺又將鋤頭扛起來，然後問我道：「現在去？你奶奶知道了怎麼辦？」

爺爺向來都要奶奶首肯或者默認，他才會安心地去做事。以往奶奶從沒有直接拒絕過爺爺的請求，但是今天看來奶奶是絕對不會退讓半步了。

「那怎麼辦？你就不管那條竹葉青蛇了？你可是答應過張九的。」我對爺爺的態度不滿，但是我也知道奶奶的脾氣。

爺爺朝昨天遇到張九的小山上望了一眼，邁開步子道：「能不能救那條竹葉青，其實還要看張九自己。」

「……其實還要看張九自己啊！」蛇販子莫名其妙說出一句毫不搭題的話。

「你說什麼？」張蛇人被他這句話弄得一愣，忙把那雙迷惑的眼睛看向座旁的老熟人。「還要看張九自己？」

蛇販子被他一問，自己也是一愣，連忙將放到嘴邊的茶縮回，訝問道：「我說了什麼？」

躲在隔壁的張九更是嚇得打了個冷顫。他早就認為蛇販子那番話是講給他聽的，但沒承想那個蛇販子突然將他的名字說了出來。他一驚，雙手失措，將門弄得「哐噹」一聲響。堂屋裡的兩個人立即同時朝張九的睡房看去。

「張九！」張蛇人厲聲喝道。

「唉——」張九見被發現，連忙答應一聲，打開門來，蓬頭垢面地站在一個捉蛇、一個販蛇的長輩面前。那丟在地上的蛇也看到了張九，立即騰的一下立起了一尺來高，蛇信子吐得更歡了。

「你幹什麼呢？」張蛇人仍舊虎著臉。他對張九這種偷聽的行為表示不理解和憤慨。

「我……我……」張九囁嚅了片刻，眼睛的餘光瞟到了堂屋一角的臉盆，立即靈光一閃，說話也流暢了，「我找臉盆洗臉呢！」

36

他的父親聽他這麼一說，臉色立即緩和了許多，指著角落道：「臉盆在那裡，自己打了水洗臉吧！順便帶一桶水來。缸裡快沒水了。」

張九假裝一副睡眼惺忪的樣子，慢悠悠地走到牆角，拾起臉盆往外走。編織袋裡的竹葉青一直看著他走出門，但是張九不敢多瞟竹葉青一眼。走到門側，他站住了，聽蛇販子將他的經歷講完。

蛇販子繼續講：「我是在冬天結婚的，當時那個蛇精回到洞穴裡冬眠了。所以我的婚禮舉行得比較順利。但是我媳婦經常在夢中被嚇醒。」

「為什麼？她夢到了什麼不好的東西嗎？」張蛇人問道。

「不，她說她睡著睡著就感覺渾身冰涼，幾乎要死去。」蛇販子搖頭道，「她說她是被凍醒的。可是身上被子蓋得好好的，被窩裡熱烘烘的。我實在沒有辦法，只好給她加蓋一層被子。可是她還是經常在半夜裡被凍醒。」

「不會是身體出毛病了吧？」張蛇人問道，「我見過患冷病的人，三伏天都要穿著棉襖。」

「哦？這種病我倒是沒有見過。」

「那個患病的人是一個狠心的後媽。那個女人到了數九寒天也不多給丈夫帶過來的孩子買一身保暖的衣服穿。後來那個小孩子凍得生病，不久就死了。」張蛇人道，「到了第二年的三月，某一天那個女人正在家中洗菜，突然感覺背後某一處冰涼，像是一塊冰貼在背上。過了一會兒，那股冷氣移到了腹部。從那時候開始，她就不停地尋找能夠治好她的怪病的醫生，但是那股寒氣好像一個頑皮的孩子，醫生治療這裡，那寒氣又跑到那裡；等醫生治療那裡，寒氣又跑到這裡。有時一天要移動好幾個地方。弄得醫生也束手無策。」

「到現在她還這樣？」一直沒有好？」

「後來聽某個老人說，這是她兒子在報復她，拿著冰塊往她身上貼呢！

叫她燒些紙衣服給兒子，她也不聽，到了現在還是凍得哆嗦。夏天裡，柏油路都被曬軟了，她卻還要圍著火爐烤火。」張蛇人道，「你媳婦是渾身冰涼，那跟這個女人不一樣吧？」

蛇販子點頭道：「我媳婦是個好人，沒有做過虧心事，肯定跟你說的那個人不一樣。一開始我也不知道怎麼回事，也是到處找醫生治療，可是效果不大。冬天過去之後，有一天夜裡我和我媳婦突然被一個聲音吵醒。睜開眼來，發現那個蛇精站在我們床前，那個蛇精脾氣大發，怪我媳婦睡在了她的位置上，叫我媳婦滾開。幸虧我媳婦從來沒有做過惡事，蛇精只在旁邊大喊大叫，但是不敢碰她。後來蛇精把氣出在我身上，用指甲掐我，掐得我青一塊、紫一塊。」

「你們天天被她這麼騷擾？」張蛇人問道。

「之前確實天天被她煩得不得了，她說我對她還是有情意的，就是因為我媳婦才使她和我分開。我喜歡耍蛇嘛，她就以為我很喜歡蛇。」蛇販子道，

「後來請了道士呀、和尚呀，來給我驅蛇精，可是要嘛遇到了詐騙，要嘛就是人家自認為道行淺，對付不了蛇精。」

「那你後來怎麼辦的？」

「後來呀，我一尋思，既然蛇精認為我是喜歡蛇的，那我偏偏就不要蛇了，轉而販賣蛇，將蛇送到餐館或者二胡廠，捉到了好蛇我拿來浸酒喝。」蛇販子惡狠狠道，彷彿對面坐的不是自己的朋友，而是那條糾纏不清的蛇精。

「呵呵。」張蛇人乾笑道。他肯定回想到了當初的自己轉行賣蛇的事情。

「再後來呀，那蛇精一見我家的大玻璃酒瓶裡浸著毒蛇，嚇得再也不敢來我家胡鬧了。」蛇販子得意洋洋道。

張蛇人道：「其實也不能盡怪蛇精哪，誰叫你當初抵擋不住誘惑呢？既然你跟她好過，那也不該做得這麼絕情啊！」

站在門側偷聽的張九心頭一熱。

張蛇人又道：「不過蛇跟人哪裡會有結果呢？」

張九的熱氣還沒有散去，就如被人兜頭潑了一盆涼水。

接下來，張蛇人和蛇販子扯著一些不鹹不淡的話題，張九放輕了腳步走開，來到壓水井旁邊打了一盆水洗了臉，又接了一桶水拎進屋。父親和蛇販子還在談笑，根本沒有理在堂屋裡走來走去的張九。只是那竹葉青的腦袋跟隨著張九的腳步擺來擺去。

「好了，話也說得差不多了。我要走啦！」蛇販子跟父親握了握手，準備告別了。

地上的蛇們彷彿能聽懂他們的話，立即窸窸窣窣地爬動起來。似乎它們也知道，到了蛇販子的手裡，等於離見閻王爺不遠了。牛被宰殺之前都會流眼淚，蛇也有著同樣靈敏的預感。很多動物都比人類的預感要強。

對這些即將賣出的蛇來說，蛇販子就是陰曹地府的頭號人物崔判官。崔判官是陰曹地府裡的著名人物，左手執生死簿，右手拿勾魂筆，專門執行讓為善者添壽，讓惡者歸陰的任務。

《西遊記》記載，此公姓崔名珏，在唐太宗李世民駕下為臣，官拜茲州縣令，後升至禮部侍郎，與丞相魏徵過從甚密結為至交。生前為官清正，死後當了閻羅王最親信的查案判官，主管查案司，賞善罰惡，管人生死，權冠古今，你們看祂手握「生死簿」和勾魂筆，只需一勾一點，誰該死、誰該活便只在須臾之間。

相傳崔判官名珏，乃隋唐間人。唐貞觀七年（633）入仕，為潞州長子縣令。據說能「晝理陽間事，夜斷陰府冤，發摘人鬼，勝似神明」。民間有許多崔珏斷案的傳說，其中以「明斷惡虎傷人案」的故事流傳最廣。故事說：長子縣西南與沁水交界處有一大山，名叫雕黃嶺，舊時常有猛獸出沒。一日，某樵夫上山砍柴被猛虎吃掉，其寡母痛不欲生，上堂喊冤，崔珏即刻發牌，差衙役孟憲持符牒上山拘虎。憲在山神廟前將符牒誦讀後供在神案，隨即有一虎從廟後躥出，銜符至憲前，任其用鐵鍊綁縛。惡虎被拘至縣衙，崔珏立刻升堂訊。堂上，崔珏歷數惡虎傷人之罪，惡虎連連點頭。最後判決：「啖食人命，罪當不赦。」一虎便觸階而死。

當年唐太宗因牽涉涇河老龍一案，猝然駕崩，前往陰司三曹對質。於是魏徵修書重託，崔珏不但保護唐太宗平安返陽，還私下給他添了二十年陽壽。在還陽途中，太宗又遇到被他掃蕩的六十四處煙塵，七十二家草寇中慘死的成千上萬的冤魂前來索命，崔珏又出面排解糾紛，幫助李世民代借一庫金銀安撫眾鬼，太宗方得脫身。崔珏也因此名聲大振。崔珏死後，百姓在多處立廟祭祀。

雖然蛇販子不能左手執生死簿，右手拿勾魂筆。但是蛇一落到他手裡，基本上就沒有生還的希望了。

37

張九聽見蛇販子說要走，心急如焚。可是到了這個時候，門外仍然不見馬師傅的身影。眼見竹葉青就要被蛇販子提走，張九恨得直罵馬師傅言而無信，又罵自己昨天沒有生拖硬扯將馬師傅帶到家裡來。

張九的父親當著蛇販子的面將幾條蛇過了秤。蛇販子按預定的價格付了款，拎起編織袋便要走。

此時的張九心裡更加矛盾了。我要不要繼續等呢？再等下去竹葉青就要成為人家婚禮上的一道菜了！可是不等又能怎麼樣呢？難道我要將蛇販子和父親的交易攔下來？難道我要親口告訴父親我跟這條竹葉青的關係嗎？父親肯定不會原諒我的，如果他知道了，只會暴跳如雷，甚至會立即拿了刀來將這條竹葉青剖殺。

這也不行，那也不行，我到底該怎麼辦嘛？張九急得直跺腳。

後來張九告訴我們說，當時他心亂如麻。不僅救竹葉青讓他左右為難，還有一件更重要的事情讓他進退維谷。那就是馬師傅說過，這條竹葉青可能受過孕，並且將他的骨肉誕生下來了。如果他救下了這條竹葉青，那麼勢必要牽涉到那個未曾謀面的「人蛇之子」。那個「人蛇之子」到底是蛇還是人呢？他會不會長得跟人一樣，但是皮膚是蛇鱗一般呢？或者，舌頭是蛇信子一樣細長且分叉呢？他的眼睛是不是像竹葉青一樣可怕呢？如果他（她）長得跟蛇一樣，那麼自己能不能接受這樣的兒子或者女兒呢？

要將一條蛇當作自己的子女來養，天哪，這是一件多麼可怕的事情！想到這裡，張九忍不住打了一個寒顫。

「吶，還給你一百，當送給你姪女結婚的禮錢。」張蛇人將蛇販子給的錢數了一遍，從中掏出一張百元整的鈔票，遞到蛇販子手裡。

蛇販子推辭一番，最終執拗不過，只好乖乖接下。

「咦？你的手怎麼有些冷呢？是不是生病了？」張蛇人在遞錢的時候碰觸到了蛇販子的手，驚訝地問道。

蛇販子答道：「是啊，昨天晚上吹了冷風。今早起來頭就有些暈乎，有點感冒的症狀。不過沒事的，回去喝二兩蛇酒，驅驅寒就好了。」他低頭看了看編織袋裡的蛇，又道：「看看這裡有沒有好一點的蛇，回去了先弄一條浸酒。我原先那條草花蛇浸太久，需要換一條了。我看這條竹葉青浸酒還不錯。」

編織袋中的竹葉青立即尾巴一甩，躁動不安。

張蛇人笑道：「你那草花蛇是沒有毒的。這竹葉青就不一樣了，牠是毒蛇，你浸酒的時候可要注意了，酒必須是高純度的酒。有些蛇耐力非常強，有的泡個一年半載都不頂事，等你一開酒瓶，牠的頭部就飛起來咬你。所以泡酒的時候最好把牠的頭部朝下，不要讓牠的頭部露在液面之上。再說了，這種蛇不泡個一年多，喝了也不起多少作用。」

蛇販子搖頭道：「看來還真是麻煩哦！要不明天還是燉了吧！」

張蛇人別有用意地笑道：「麻煩是要麻煩一些，可是你那草花蛇頂多對你的腎有好處。但是竹葉青蛇卻能夠祛風活絡通淤、治關節疼痛和風濕等，不是你那草花蛇能比得上的。你不是怕麻煩，是怕你老婆受不住吧？」

蛇販子指著張蛇人道：「你呀……不跟你說了，我真要走啦！」

張蛇人道：「好好，不跟你瞎扯了。我送送你。」

於是，蛇販子和張蛇人一起邁出門檻。

張九眼巴巴地看著蛇販子將編織袋提了出去。他追到門口，卻不敢跟著邁出門檻，只是手扶住了門框，伸長了脖子朝前望。

「還要看張九自己？」我驚訝地問爺爺道。

爺爺慈祥地點了點頭，說：「如果他對竹葉青不是真心實意的，那麼即使我們幫他救了竹葉青，也是徒勞無功。如果他對竹葉青是真心實意的，那麼他自己就會想盡一切辦法去救下竹葉青。如果說以前他確實喜歡竹葉青，那是因為他喜歡的是竹葉青的美貌。但是現在不同了，我告訴了他，竹葉青有了他的骨肉，也就是說，如果他救下了竹葉青，那麼他以後不僅僅擔任情人這個角色，還必須承擔做父親的責任。對一個男人來說，前者也許要容易接受，甚至是主動接受；但是要接受後者，確實很難。」

「噢！」我終於明白了幾分爺爺的用意，「但是，如果你不去，他不好勸說他的父親啊！萬一事情有變呢？」

「事情有變？」

「是啊，萬一事情有變呢？比如說，那個蛇販子今天就去了他家呢？那怎麼辦？」我問道。

「張九不是說了嗎？蛇販子一向準時，他不可能提前去他家的。」爺爺自信滿滿道。看著爺爺的眼睛，我不得不相信爺爺的判斷，而反問自己是不是多心了。「你今天給月季澆水了嗎？」爺爺突然問道。

我不回答，立即回到屋裡弄了一些奶奶淘過米的水，小心翼翼地給月季澆灌。今天月季顯得無精打采，好像失了魂似的。

失了魂一般的張九見父親與蛇販子越走越遠，他感到呼吸越來越困難，幾乎要將自己憋死。就這樣結束了嗎？竹葉青明天即將變成一碗鮮美的蛇湯？她再也不會在傍晚或者下雨天來到自己的房間，跟他纏纏綿綿了？她再也不會用那冰冷而清爽的舌頭舔舐他的全身了？那麼，之後的歲月裡，他的思念會不會像身上的癢一樣燃燒起來呢？他的思念會不會像身上的癢一樣越撓越痛呢？

張九跌坐在地上，他能感覺到心也離自己越來越遠，越來越遠……

「好啦！今天太晚了，先講到這裡吧！」湖南同學揉了揉脖子。

同學們意猶未盡地散去。

國家圖書館出版品預行編目資料

驚情畸戀／童亮著.
－－第一版－－臺北市：字阿文化 出版；
紅螞蟻圖書發行，2015.11
面　公分－－(每個午夜都住著一個詭故事；9)

ISBN 978-986-456-002-8（平裝）

857.63　　104009264

每個午夜都住著一個詭故事 9

驚情畸戀

作　　者／童　亮
發 行 人／賴秀珍
總 編 輯／何南輝
執行編輯／韓顯赫
美術構成／Chris' office
校　　對／楊安妮、朱慧蒨
出　　版／字阿文化出版有限公司
發　　行／紅螞蟻圖書有限公司
地　　址／台北市內湖區舊宗路二段121巷19號（紅螞蟻資訊大樓）
網　　站／www.e-redant.com
郵撥帳號／1604621-1　紅螞蟻圖書有限公司
電　　話／(02)2795-3656（代表號）
傳　　真／(02)2795-4100
登 記 證／局版北市業字第1446號
法律顧問／許晏賓律師
印 刷 廠／卡樂彩色製版印刷有限公司
出版日期／2015年11月　第一版第一刷

定價 160 元　港幣 54 元

敬請尊重智慧財產權，未經本社同意，請勿翻印，轉載或部分節錄。
如有破損或裝訂錯誤，請寄回本社更換。
本著作物經廈門墨客知識產權代理有限公司代理，由北京讀品聯合文化傳媒有限公司授權出版、發行中文繁體字版。

ISBN 978-986-456-002-8　　Printed in Taiwan